櫻花莊的寵物女孩 2

鴨志田一
Hajime Kamoshida
插畫 溝口ケージ
illustration Keji Mizoguchi

「總覺得如果在這裡做，就能了解戀愛了。」
「……呃？」
椎名真白
美術科二年級生。雖然是世界級的天才畫家，
卻以當上漫畫家為目標並且即將出道。
不尋常的行為＆少根筋的煽情發言依然沒變。
住在櫻花莊202號室。

神田空太

水明藝術大學附屬高校普通科二年級，負責照顧真白。
將來想成為遊戲開發者，決定挑戰
由遊戲公司主辦的企劃甄選活動。住在101號室。

青山七海
普通科二年級生，空太的同班同學。
靠打工費自力更生，平常在聲優訓練班上課。
因為積欠一般宿舍的住宿費，所以決定搬到櫻花莊。

「神、神田同學……」
「不、青山，這是……！」

「召開歡迎小七海的
游泳大會囉～～！」

上井草美咲
美術科三年級生。雖然擁有獲得獎學金資格的實力，
卻是個因為老製作動畫而被剝奪這項資格的怪人。
暗戀青梅竹馬三鷹仁。住在201號室。
『上井草學姊！
至少先做個暖身運動吧！』
『……』

CONTENTS

櫻花莊的寵物女孩 2

Kadokawa Fantastic Novels

一成不變的每一天，總讓人覺得有些無聊。
直到來到了櫻花莊。
習慣把生活了無新意歸咎到別人身上。
直到與她相遇。
但實際上並非如此。
只要有心，世界一瞬間就會不同。
只要改變自己就可以了。
櫻花莊裡混了許多亂七八糟的顏色。
這一點，未來肯定也不會改變。
我是如此堅信著。

第一章
說到夏天當然就是山與海？

櫻花莊的寵物女孩

1

薄雲遮蔽了月亮，令房間裡有些暗了下來。

這裡是櫻花莊的101號室。房間的主人神田空太正在房間的正中央，與帶著柔弱氛圍的少女椎名真白彼此凝視著。微微上揚的鳳眼、亮澤柔軟的頭髮、清透美麗的肌膚，彷彿帶著邪惡的情感觸碰就會毀壞般虛無飄渺。

「空太。」

淡粉薄唇開口呼喚了空太的名字，空太以眼神表示疑問。

「我沒有做過。」

真白平淡的聲音填滿了房間的沉默。白天擾人的蟬鳴現在也沒了，所以對話一中斷，就會聽到彼此的呼吸聲。

「啊、喔。」

空太用T恤的袖子擦去從額頭滴下的汗水。

今天是創下入夏以來最高溫的大熱天，即使太陽已經下山，卻仍完全沒有變涼爽的感覺。

真白的肌膚也微微染上了些許的淡紅色。

「請溫柔點。」

「不太可能一下子就做完，所以只能盡量了。」

「不行。」

「妳喔……」

「只做到一半我會很傷腦筋的。」

「可是……」

「如果是空太就沒問題……所以把它做完吧。」

筆直注視著空太的真白眼裡沒有一絲迷惘，訴說著自己今天就是抱持著這樣的打算才會在這裡。

「我、我知道了啦。」

真白明明給人像易碎的冰雕般的印象，卻擁有一旦說出口就絕不改變的強硬，個性實在是頑固得不得了。所以，空太也只好妥協了。

「想停下來就說，沒必要勉強。」

「如果是空太就無所謂。」

「既然妳都這麼說了，那我也不阻止妳了。那麼，趕快給我看吧。」

真白毫無感情的雙眸出現了些許的猶豫。

「空太……真是強硬。」

「不然沒辦法做吧？」

「可是我不喜歡太過突然。」

「都到這種地步了，妳還在說什麼啊？」

「可是……」

「啊～真是讓人不耐煩的傢伙。」

「我會不好意思。」

「真是，妳也給我有點分寸！妳的字典裡才沒有不好意思這四個字呢！」

「你這麼想看嗎？」

「夠了，趕快把不及格的答案卷拿出來！不然怎麼準備明天的補考！」

空太心想，啊～為什麼會變成這個樣子呢？明明從今天起就是快樂的暑假了，怎麼有種天堂就在眼前，通往天堂的梯子卻被搬走的感覺。

原因簡單明瞭，全都要怪椎名真白的腦袋不好，還有把麻煩事推給空太後就出門去聯誼、毫無責任感的老師千石千尋的錯。

但是，就算知道這些，事情也不會好轉。所以，空太才會嘆氣。要說唯一能做的事，大概只剩這個吧……

暑假第一天的早上……應該說剛過中午，空太作著被處鍋煮極刑，還一邊吃著火鍋的夢時，突然醒了過來。

從窗戶照射進來的陽光灼熱地烤著肌膚，再加上七隻貓正壓在空太的手、腳以及肚子上，使他全身汗水淋漓，已經快進入脫水狀態了。

「差點要被烤得乾巴巴地死掉了……」

空太把貓推開，坐起身子。貓群同時發出抗議的聲音，但空太不予理會。

他脫掉溼透的T恤，憎恨地瞪著掛在南邊天空的灼熱太陽。雖然明知沒有用，但熱成這個樣子，實在不能不詛咒一下。

光是站著，全身就開始不斷飆汗。

就算用力揮著扇子，也只有溫熱的空氣貼在肌膚上，絲毫沒有比較涼爽。

空太只好死心，換上T恤，正打算到飯廳去補充水分時，房門猛然被打了開來。

空太因此正面被撞個正著，跟房門來了一記熱吻。

「妳在做什麼啊？美咲學姊！那可是我的第一次耶！」

在還沒確認進來的人是誰之前，空太這麼叫著。

打開的門後，住在櫻花莊201號室的美術科三年級生上井草美咲，帶著有所企圖的眼神站在那裡，背後還藏著一個筒狀物。

「鏘鏘～！完成了喔，學弟！」

美咲突然打開海報大小的紙，秀出來的是從今天到八月底的月曆。

「這是為了要比任何人都幸福快樂地度過夏天的奇蹟結晶！」

仔細一看，日期下方還仔細地寫了像是行程的東西。總之，先確認一下今天預排的行程。

——七月二十一日「尋找土龍（註：TSUCHINOKO，日本傳說中的生物，外型像體型肥胖的蛇，尾部卻很細）！」

第一天就寫了讓人想謝絕的內容。

其他還有像是「開發UFO」、「活魚生吃」、「釣鯨魚」、「跟猴子一樣從紫薇上滑下來（註：紫薇的日文漢字為「猿滑」）」、「贏得鐵人三項比賽」等，從不可能到無法理解的東西，總之盡是些莫名其妙的行程，填滿了整個暑假。

但是，絕不能因此就感到驚訝。美咲真正可怕的地方，在於她有言出必行的過人行動力。

看來必須儘早想出對策。

「只要再跨足青山與七大海洋就太完美了！」

「覺得剛剛好像聽到某人的名字大概是我的錯覺吧。算了，先不管這個……」

空太從美咲手中搶走預定表，揉成一團丟到垃圾桶裡去。

「啊～你幹什麼啦！我可是從三個月前就開始準備，每天邊睡邊想耶！」

「我暑假要回家，所以這些都不可能。」

「騙人！小千尋說學弟有想回家也回不了家的理由啊！」

「那個怕麻煩的老師，又在亂說些什麼了？」

「我可不是隨便亂講的喔。」

美咲的背後站著一身聯誼打扮的千尋。充滿幹勁地化了全妝，還穿了稍短的裙子。看著她這麼努力想抓住已逝去的二十幾歲青春年華，空太感到無盡的哀愁，忍不住揪心了起來。

「我預言你回不了家，會以自己的意願留在櫻花莊。」

「喔。」

「那麼，學弟要跟我一起創造好多好多的回憶囉。行程也都排好了！」

要是陪著美咲，若非鐵打的身體，體力絕對負荷不了。如果每天都跟她在一起，一定會過勞死吧。所以無論如何都要避免。

「學姊不回家嗎？」

「要不要回家！」

「到底是要還是不要啊！」

「不回家啊～仁也說要留在這裡，而且他還說大概這個月就能完成劇本了。劇本好了之後，就想趕快開始製作，還有設定等等的事情都已經在進行。」

雖然似乎有許多不尋常的言論，但由美咲的青梅竹馬三鷹仁負責劇本、美咲獨自製作的動畫評價非常高，甚至還有一部分的粉絲把她當成神一般崇拜。

話說回來，美咲打算製作動畫之餘，還要每天玩樂，實在是太驚人了，不禁讓人覺得她跟自己不是同類。真不愧是外星人，一定是以不同於空太的能源裝置進行活動。

「仁學長也要留下來啊……嗯～」

「反正一定是在老家有不想見到的女人吧。」

千尋應該不知道內情，卻莫名地說中了。仁大概是不想回老家見到美咲的姊姊，所以才留下來的吧。記得她的名字叫做風香。這麼說來，去年的夏天跟今年的過年，仁都沒有回家。空太在回老家的期間還拜託他照顧貓咪，所以記得很清楚。

「老師呢？」

「我說啊，我為什麼要那麼悲慘地特地回家去被父母嘮叨『真想早點抱孫子啊』、『沒把妳教好』、『餘願未了，沒辦法安心地走』之類的？」

「說的也是……」

人一旦過了三十歲，似乎就會產生一些十來歲的人無法想像的辛苦。

「那麼，老師妳有什麼事嗎？」

「你以為我沒事會跑來找你聊天嗎？」

「就是不這麼覺得才會問啊。」

這個負責管理櫻花莊而住在這裡的美術老師，態度一直以來都是這樣。言行舉止毫不留情，想說什麼就說、想做什麼就做。在這個問題學生聚集的櫻花莊裡，好歹肩負著監督學生並讓他們改過的使命，但空太完全沒看過她執行職務。不過，比起被嘮叨這個不行、那個不行、這個要那樣做、那個要這樣做，倒是要好太多了。

「真白的補考就交給你了。」

「什麼？」

「在她及格之前，我要先沒收你的暑假，所以好好加油吧。」

「太好了！學弟！你真的回不了家了！」

「老師，請妳至少說明一下這是怎麼回事！」

一臉不耐煩的千尋轉過頭來。

「真白的期末考不及格，如果補考又沒通過就得留級，這個你也知道吧？」

「這我知道，但我也有預定行程啊！」

「啊？反～正也不是什麼重要的事吧？那種事有跟沒有一樣啦。真是無精打采的青春時代耶。到底哪裡青澀了？黑暗時代絕對比較適合你啦。」

「沒錯、沒錯，學弟的夏天就由我獨佔！」

如果被美咲獨佔，那就真的變成黑暗時代了。

「為什麼我要被老師講成那樣啊！妳真是惡魔！學姊，請妳也不要老是牽扯到我！」

「什麼嘛，學弟是笨蛋！我要詛咒你到死，給我記住～！」

美咲說完還吐了下舌頭，接著便衝出房間去。還真是累人。

「為了沒什麼重要的事可做的你，我還很親切地幫你排了行程喔？你就老實地感謝我到痛哭流涕吧。」

「要是對這種不合理的發展心存感激，我腦袋就有問題了！」

「你是真白的飼主吧？那就當然要好好照顧她到底。只有小學生才可以因為膩了就把事情推給爸媽喔？」

「不要把自己的表妹講得好像寵物似的！我正打算明天回福岡老家去。」

「啥？」

「為什麼妳會有這樣的反應？」

「如果是因為還想念媽咪的奶，那我就不阻止你了。你要回家，把真白也一起帶回去。」

「這又是怎麼回事？」

「你不在的期間誰要照顧她啊？這可不是開玩笑的。」

「開玩笑的是老師吧！我把椎名帶回家，這明明就很奇怪吧！這到底是哪門子的終極懲罰遊戲啊！」

要把椎名帶回家，光想就覺得很可怕。那會被家人以什麼樣的眼光看待啊？

「有什麼關係？就跟家人介紹她是你每天親親熱熱的女朋友就好了。她外表看起來還不錯，你的父母一定會哭著說配你真是太可惜了。」

「這世上哪來那麼多啜泣啊！而且到底是『誰』『什麼時候』『在哪裡』『如何地』親熱了啊！」

「那種事我怎麼會知道啊？我對你的隱私又沒興趣。隨便你什麼時候、在什麼地方想親熱就親熱，照你原來那樣做就好。」

「請不要說得一副好像我真的有和她親熱過這回事！」

「不管我說什麼你都頂嘴。真是麻煩的男人。」

「還不是妳害的！」

「不喜歡親熱的話，就跟你的父母說請他們期待孫子的誕生吧。大部分的父母面對有關孫子的話題都比較寬宏大量。」

「這未免也跳太快了吧！」

「我說你啊，天氣都已經這麼熱了，居然還用這種熱死人的亢奮情緒出現在我面前。」

「還不是因為老師讓我的血壓飆高！」

「總之，真白的補考就麻煩你了。」

「要說念書，應該是美咲學姊跟仁學長比較優秀吧。」

即使搬出櫻花莊裡兩位三年級生的名字，千尋也一副毫無興趣的樣子。

雖然個性非常古怪，但住在２０１號室的上井草美咲是個入學以來從沒把學年第一名拱手讓人的怪人。而她的青梅竹馬——住在１０３號室的外宿帝王三鷹仁，成績也始終保持在前幾名。兩人的三年級第一學期成績最終評價，就已經能夠直升水明藝術大學。美咲打算念影像學部，仁則是文藝學部。

相較之下，空太的成績位於中間。雖然沒有不及格，但成績普通到不能再普通。

「你也稍微有點常識嘛。」

「這應該是我要對老師妳說的話。」

「上井草怎麼可能會教別人念書？你把人類當什麼了？」

「妳也太不信任自己的學生了吧！請不要放棄人類！」

「不可能的事就是不可能。沒用的人做什麼都沒用。」

「這是身為教育人員該說的話嗎！」

「比起教人謊話要來得好吧？因為完全不懂世上的嚴苛、嬌生慣養，所以出社會以後稍微碰壁就會身心受創。知道自己的能耐也是很重要的喔？」

「總覺得老師有點憤世嫉俗耶？是因為結不了婚的關係嗎？」

「神田，你知道人會萌生殺意的瞬間是什麼時候嗎？」

千尋微瞇的眼睛，透露出針一般的銳利、冰一般地冰冷。

「不、不知道耶？可是，如果美咲學姊不行，也還有仁學長啊！他今天也還沒出門！我去拜託他。」

「要是讓三鷹跟女孩子在房間裡獨處，他只可能教對方怎麼生小孩吧？你居然連這個都不知道。」

「妳把學生當成什麼啦！就算是仁學長也……不，好像有這個可能性……又好像沒有……確實有！」

「已經有結論的事可不可以不要讓我一一說明？你趕快提升一下腦漿的回轉數吧！不然是當不成有用的人的。」

「請不要突然講那麼嚴肅的話。話說回來，老師自己教她念書不就好了！」

「啊？你在說什麼啊？我剛剛不是說了晚上要去聯誼嗎？」

「妳又沒說！雖然一看就知道！」

「喔，看得出來嗎？今天可是嘗試了小惡魔風呢。」

千尋得意地眨了下眼睛。

雖然早已超越小惡魔，看起來像個大魔王，但空太還是將這差點脫口而出的話硬生生地吞了回去。

「拿去。這是補考的日程表。」

「唉……」

空太反射性地接下千尋遞出的紙。總共九個科目分成兩天考試，而補考的日期是……

「明天？」

以及後天。

「好好加油啊。」

「老師是笨蛋嗎！為什麼到今天才講啊！」

「這還用說嗎？之前因為發表新人獎，真白根本沒辦法念書，而你也跟著心情變得怪怪的。我可是為你們著想呢。感謝我吧！」

「……啊～算了。總覺得開始累了。」

「想抱怨就去找真白吧！考不及格的人又不是我。啊，已經這麼晚了，我在聯誼之前預約了美髮沙龍。那麼，剩下的就交給你了。」

千尋踩著高跟鞋，還沒等空太回應，就喜孜孜地出門去了。被留下來的空太腳邊，吹過了一陣微溫的風。

爭論的結果，空太一如往常地被硬塞了棘手的問題。

千尋出門後，留下來的空太餵完貓，也餵飽自己的肚子，儲備了面對現實的勇氣走向真白的房間。

反正就算敲門也不會有回應，空太便不由分說地打開了門。一打開門，空太的眼前一片雪白，一瞬間還無法理解發生了什麼事。

房間還是一樣亂七八糟，衣服、內衣褲及草稿堆滿了整面地板。

真白背對著門口，站在房間中央、穿衣鏡的前面。從她頭髮的縫隙間可以看到光滑透明的肌膚，緊實的蠻腰曲線十分美麗，翹臀正對著空太。儼然就是剛出生的姿態。

用鉛筆在畫架上面的紙張上作畫的真白，聽到聲音後轉過頭來。兩人四目相交的瞬間，空太用力地關上門。

透過房門傳來空太說話的聲音。

「妳在幹什麼啊？」

「畫裸女的素描。」

「是裸女在素描吧！」

「邊看鏡子邊畫。」

「是裸女在畫裸女畫嗎！為什麼要突然這樣做？」

「學校的作業。」

「裸體嗎！」

「素描。」

「換換別的主題吧！妳打算交出自己的裸體嗎？」

「沒問題的。」

「哪裡沒問題？」

「我畫得很好。」

「誰在擔心品質的問題了！妳不覺得不好意思嗎？」

「因為是作品。」

「好～既然這樣，那也給我看看吧。」

「……」

「為什麼不說話？」

「空太不行。」

「為什麼？」

「我會不好意思。」

「妳剛剛不是說因為是作品所以不會覺得不好意思？」

「空太不行。」

「妳把理由給我說清楚講明白……不，還是別說了！」

反正一定又是什麼奇怪的答案。在頭開始痛之前，還是先繼續剛才的話題。

「總之，換成其他的畫。妳如果要交出那幅畫，我會竭盡全力阻止妳的。」

「……我知道了。」

真白以率直可愛的聲音說了。

「喔、嗯……知道了就先把衣服穿上喔？我要跟妳談談有關補考的事。」

「稍等一下。」

空太背靠著房門，深呼吸使剛才的悸動平靜下來。

他沉思了五分鐘左右，對真白說：

「差不多好了吧？」

「好了。」

空太對於真白的回應感到安心，沒多想就打開房門。

眼前站著一個只圍著大浴巾的少女。

「我剛剛是要妳把衣服穿上吧？如果我的理性崩潰了怎麼辦？現在已經在潰決的邊緣囉？妳了解嗎？」

「因為空太沒幫我準備。」

「是，說的也是。全都是我不好……」

「而且空太也沒敲門。」

「平常就算敲了妳也不理會吧！」

「你不敲門我會很困擾的。」

真白緊抓著胸前的浴巾，臉上微微泛著紅暈。

「原本想要交出裸畫的傢伙說這種話很沒說服力。」

空太的目光自然而然對上畫架上的畫紙。但在畫作映入眼簾之前，真白移動位置擋在前面，所以幾乎看不到畫。

「我很困擾。」

「我、我知道了啦！我以後都會敲門啦！總之先說關於補考的事！」

空太像是要蒙混過去般說了這番話，擺脫了坐立不安的感覺。

他挑了套衣服讓真白換上，然後要她準備好期末考答案卷、文具跟教科書，接著就把她帶

到自己的房間。

這時太陽已經完全下山了。

在空太的房間裡，兩人隔著摺疊式桌子面對面坐著。

「總之就是這樣，把妳的答案卷拿出來吧。」

「你不會生氣？」

「是我一定會忍不住生氣的內容嗎？」

「那就要看空太了。」

「是要視妳的分數而定吧！」

「也可以這麼說。」

「本來就是只能這麼說！反正趕快把答案卷拿出來就是了。」

真白提心吊膽地拿出來的答案卷有九張。期末考科目總共九科，也就是說真白沒有一科是及格的。

這時空太的頭已經開始痛了。要教的科目有九科，而考試就在明天跟後天……不管怎麼想都覺得來不及。

在空太逐張確認答案卷的分數後，他的臉上已經完全沒了血色。

國文０分……

數學也０分……

以下同上……

令人咋舌的０分隊伍。九局完封，一定是今天將接受採訪的ＭＶＰ。只可惜這不是棒球的計分表，而是期末考的考卷。

空太對於眼前的現實完全說不出話來。到底該說些什麼呢？腦袋已經完全放棄工作。

「你很感動嗎？」

「很受不了啦！原來妳也有白癡的才能啊！」

「好過分。」

「我倒覺得過分的是妳的腦袋。」

「你明明答應不會生氣的。」

「我沒生氣！我只不過是沉浸在看到了世界盡頭的情緒裡。」

「我也想看。」

「椎名自己就是世界的盡頭！」

「不是。」

「夠了。好，算了。不過妳真的沒問題吧？腦袋還沒爛掉吧？為什麼連英文都０分啊？妳身為留學生的自尊跟特點到哪去了啊？」

真白帶著認真的表情陷入沉思。

「蒙古？」

「是從飛機上掉下去的意思嗎！很遺憾，也不是在蒙古。突然被點名的蒙古會很傷腦筋的！妳給我好好道歉。」

「蒙古在哪邊？」

「誰知道啊！」

「對不起。」

真白對著空太低頭道歉。

「我可不是蒙古喔。」

好累。真的好累。常識對椎名真白而言是行不通的。如果要對她奇怪的言行一一吐槽，說不定會吐槽到死。因為她的存在本身就是個令人想吐槽的傻子。

「妳到底都在學些什麼東西啊？」

「學習繪畫。」

「一般的數學或英文之類的呢？」

「從沒學過。」

「嗚哇～那就沒辦法了。」

就目前為止的經驗看來，真白的回答絕不是玩笑話，而0分的答案卷更是明確地證明了這一點。

「筆記先拿給我看。」

真白拿了封面寫著數學的小本筆記本遞給空太。但是當空太抓住了筆記本的一角，真白仍不肯放手。

「椎名小姐？」

「你不會生氣吧？」

「都已經到這種地步了還來嗎？」

「那就要看空太了。」

「要視妳的筆記而定吧！總之先給我就是了。」

這時真白才心不甘情不願地放開了手。

拿在手上的筆記本，總覺得有些不太一樣。

「妳的筆記本是不是比較大？」

一般尺寸應該是B5，真白的筆記本則是A4大小。

「因為比較方便使用。」

「喔～這倒是無所謂啦……」

翻了一頁之後又翻了一頁，這時空太的語調激動了起來。

「果然還是有所謂！」

本子裡完全沒寫上課的內容，全都是漫畫的草稿、角色設計草圖，還有不管怎麼看都像塗鴉的東西。

「這什麼東西啊！塗鴉冊嗎？沒錯吧？這種東西早該跟小學一起畢業了！說什麼比較方便使用，是比較好塗鴉吧！難怪會考0分！完全不值得同情！也太多能讓我吐槽的地方了！」

「你不守信用。」

「誰管妳啊！」

「真不是人。」

所有其他科目的筆記也一樣，每本都成了塗鴉冊。

「妳也該認真點上課吧。好歹也要稍微表現出想念書的意思，不然我也只能投降了。還有，說我不是人會不會太過分了？」

即使空太說了這麼多情緒性的話，真白的態度依然沒變。她微微歪著頭，不帶感情地看著空太，像看著奇異動物般的眼神。像奇異動物的，明明是真白自己。

即使因為無法釋懷的情緒而感到煩躁，空太還是在兩人的對話變得莫名其妙之前，冷靜下來說道：

「好，那麼妳可以答應我不再畫畫吧？」

「會不會再畫。」

「不要學那種亂七八糟的伎倆！」

可惜的是只要扯上真白，空太的冷靜就維持不了兩秒鐘。

「美咲教我的。」

「不用學那種沒必要的知識！給我認真念書！還有，把教科書拿出來！」

「沒有。」

「為什麼？我不是叫妳全都帶過來嗎？」

「全部都在學校。」

「明知道要補考，居然還敢全部放在學校。念書的事妳打算怎麼辦？」

「有空太在。」

「我有那麼萬能嗎！我還真是跟來自未來的哆啦A夢差不多高性能啊！」

「那是你太自我感覺良好，言過其實了。」

「居然對這個緊咬不放！好，算了。不對，一點都不好！妳要是沒通過補考，我的暑假就完了。」

究竟在這種狀態下，要花幾天、挑戰幾次才能突破補考呢？不管怎麼想，都覺得暑假的結束可能還比較快來臨。

「……算了，加油吧。千萬別認輸。我來為自己加油吧！好，那麼就從數學開始吧。」

「請加油。」

「是妳要加油！」

「今天的空太一直在生氣。」

「是，說得也是。一定是因為缺乏鈣質吧？那麼，回到一開始的問題……妳知道什麼是因數分解吧？」

「是江戶時代的發明家，同時也是個畫家。」

「那是平賀源內吧？而且讀音一點都不相近！要裝傻也挑個等級高一點的！」

「知道了。下次會努力的。」

「這種事用不著努力！話說回來，椎名。」

「什麼事？」

「反過來問，妳知道些什麼東西？知道函數嗎？方程式呢？」

「……」

「好歹也知道九九乘法吧？」

「你當我是笨蛋嗎？」

「妳應該能體會我忍不住想懷疑的心情吧？」

「英文是料理的意思。」

「那是cook（註：與九九乘法日文音近）！不行了！絕對沒辦法通過補考的！妳的存在本身就是個奇蹟！奇蹟的笨蛋！」

「其實也沒到那種程度。」

「少說得那麼得意！」

「你們在吵些什麼啊？」

空太抬頭一看，仁正從半開著的房門縫隙窺看房內的情形。

「仁學長，救救我！」

大概是接收到空太悲痛的慘叫聲，仁聳聳肩走進房裡，舒舒服服地坐在床鋪上，從較高的位置看著放在桌上的題目。

「看來很順利，真是太好了。」

「你到底是怎麼看的？居然會這麼覺得……」

「哎呀～以搞笑相聲的梗來看還滿不錯的啊？把年底破一千萬當成目標好好努力吧。」

仁完全置身事外。空太對他的態度感到不耐煩，再度轉過身去。而馬上就放棄念書的真白，已經開始在素描本上畫起了草稿。

「妳剛剛不是才答應過我嗎！」

真白仍然沒有感覺到空太爆發出來的憤怒。她的手不但沒停下來，連視線都沒轉過來。

「我說，妳的腦袋究竟是怎麼一回事？我實在是無法理解。」

「要畫連載的草稿。」

真白動著手這麼回答。

「編輯這麼說的？」

「嗯。目標是在下個月的連載會議上提出。」

「那就得趕快通過補考才行了！」

空太抓準鉛筆停下來的那一瞬間，從真白手中搶走素描本。仁則說著「真有一套啊～」挖苦空太。

「補考結束前，禁止畫漫畫！」

「……知道了。」

真白雖然似乎有些不滿，但倒是很乾脆地接受了。

這麼一來終於可以繼續念書了——空太心裡才剛這麼想……

「學～弟～來～玩～吧～！」

突然傳來美咲的聲音，房門也被以驚人的氣勢破壞掉。美咲看了看房裡的人，歪著身體表達疑問。

「咦？大家把我排除在外是在做些什麼？怎麼回事？到底是怎麼回事！剛才學弟明明那麼抗拒，怎麼現在看來卻很快樂地在享受？」

「根本什麼事都沒有啊！只是在教椎名念書，準備補考而已。」

美咲快步地走進房間。

「那種事根本無所謂，來玩吧。現在是暑假耶！而且是第一天！暑假耶！又是第一天！」

「我也想玩啊。但是因為這個岌岌可危的笨蛋……」

「其實也沒到那種程度。」

「不要重複一樣的話！搞什麼啊？妳中意這句話嗎？」

「其實也沒到那種程度。」

「明明就很中意！」

「其實也沒……」

「夠了！」

空太心想這恐怕會變成無止盡的輪迴，急忙打岔阻止。

「啊～～原來是這樣～～」

看過答案卷分數的仁愁眉苦臉，大概是懂空太的辛苦了。

「看樣子用一般的方法是沒用的。」

「我也這麼覺得，畢竟她是個令人嘆為觀止的笨蛋。」

「其實也沒到那種程度。」

「就是有到那種程度！」

「那全部背下來不就得了？」

自己一個人立刻開始玩起電動的美咲，看著畫面這麼說了。

「喔，這麼做就行了嘛。」

仁跟著表示同意。

「什麼？」

「音樂科跟美術科的補考，和原來的考試內容是一樣的。學弟連這都不知道嗎？消息真是太不靈通囉～～！囉～～囉～～囉～～！」

「咦？是這樣嗎？」

空太只聽說過普通科的補考題目會比原來的考試內容簡單一些。

「因為學藝術的人跟以升學為目標的普通科同學所著重的點不一樣。」

「不過，美咲學姊為什麼會知道這種事？」

美咲應該從來沒有補考的經驗。

「皓皓說的啊～」

「那是鬆獅犬（註：chow chow音似皓皓）的親戚嗎！」

「好～～！今天我一定要狠狠地把可恨的最終頭目大卸八塊！把肉（註：日文中可恨與肉同音）洗乾淨等著吧！呼哈哈哈哈！」

「學姊是裝做沒聽到嗎？是這樣嗎？」

「她是那個幫美咲的動畫做音效的女孩子。」

「我沒見過耶。」

「這樣嗎？也對，因為配音時你並不會出現嘛。」

「不，那不重要。話說回來，就算說要背補考內容……也實在是……」

不由分說就讓真白完全記住正確解答，這樣做真的好嗎？再說，硬要把根本不理解的東西背下來也有相當的難度。

空太正這麼煩惱時，真白突然說出令人意想不到的話。

「我背起來了。」

「啊？」

「只要把正確解答背起來就好了吧？」

「話是這麼說沒錯。」

空太和仁用眼神表示質疑。不過，真白當然不可能機伶地解釋清楚。

「既然妳說已經背起來了，那就來做個小測驗吧。」

空太照仁所說拿走正確解答，只在桌上留下真白拿了0分的答案卷跟考題。

「寫寫看吧。」

真白點了點頭，像畫畫一般流暢地動起筆來。每寫一個答案，空太便對照正確解答。

第一題答對了。接下去的題目也都答對。只花不到五分鐘的時間，真白便將數學科的所有題目都解開了。不，實際上來說一題也沒解開。

「妳這是怎麼回事？」

「什麼事？」

「之前就背起來了嗎？」

「不是。」

「可是，才剛看過就馬上全部……不可能吧。」

數學還有加上計算式，文字數量也不少。怎麼可能只看一下子就全部記得？

「這可真是驚人。」

仁也一副不可置信的樣子。

「空太也辦得到吧？」

「辦得到才有鬼！我才沒有那麼方便的能力！」

「學弟的專長是撿貓嘛～」

美咲一邊玩遊戲不忘一邊插話。

「不過，真的好厲害。妳是怎麼辦到的？」

「只要把它當成畫，看過一次就記起來了。」

對於空太的疑問，真白一派泰然，彷彿對她而言根本是理所當然的事。

「既然結果已經出來了，不管怎樣都沒差吧？這麼一來，真白的補考也沒問題了。」

「……總覺得好像詐欺。」

「如果空太想要享受埋在書本裡的暑假，我倒也不會阻止你。」

「算了，管它是不是詐欺都無所謂。」

「欸～欸～如果已經沒問題了，就來玩這個吧！」

美咲拿到大家面前的，是四人對戰的熱血亂鬥型動作遊戲。

「來，小真白也拿控制器按按看！」

真白將美咲遞過來的控制器拿在手上，看起來真是不協調的組合，控制器的握法也很笨拙，只是單純擺在手掌上。

「妳有玩過電動嗎？」

「沒有。」

「我想也是。控制器要這樣拿。」

空太向她示範了拿法。

「食指放在上面的按鍵上……對，就是這樣。」

現在至少看起來比較像樣了，但總覺得還是哪裡怪怪的。

「接著用搖桿移動游標，選妳要的角色。」

真白做每個動作都一一看了看自己的手，然後再看看畫面，就這樣操縱著游標。

「我的是金剛！我相信金剛的力量！金剛就是正義！金剛就是力量！」

「總之先把金剛信奉者擺一邊，椎名妳要選哪個？」

「狐狸好了。」

「那就按A鍵選擇。」

真白用眼睛確認哪個是A鍵後，慎重地按下按鈕。

空太想都不想就選了亡國的王子；仁則早就選了刺蝟。

「那麼，最後一名的人，下週要負責掃院子囉！」

「等一下！下週是學姊負責的吧！」

「好，開始！突擊咚！把你打飛到宇宙的另一端去！」

美咲的金剛以重量級拳頭把空太的王子打飛。空太所操縱的角色猛力彈開後便消失在畫面上，只剩下一個箭頭顯示在畫面最旁邊。這是體力突然歸零的極限模式。

「如果以為這樣就能打倒我，那就大錯特錯了，這傢伙！」

空太使用兩段式跳躍及移動系的必殺技讓王子著地。緊接著，仁所操縱的刺蝟以迅雷不及掩耳的速度滾過來，撞上了空太的王子。空太所操縱的角色因此再度飛出畫面之外。

「嗯，辛苦你啦。」

「嗚喔～快死了快死了！才不能這樣就死了！只攻擊我實在太卑鄙了！」

「這本來就是這樣的遊戲吧？我的美學就是攻擊被狙擊的傢伙。」

空太操縱的角色死命抓住陸地的邊緣。

「真是太驚險了。」

但是就在安心過後沒多久，當王子正要跳躍爬上陸地時，被遠方飛來的光束擊中——位於對岸的是真白所操縱的狐狸角色。亡國的王子非常悲慘地完全沒有表現機會，從遊戲開始還不到十秒鐘的時間，就這樣毫不起眼地掉到畫面下方去了。

「嗚喔喔喔喔喔！」

「幹得好，小真白！」

「真是太完美的連擊了。」

「剛剛的還可以嗎？」

美咲、真白還有仁三個人互相擊掌。

「等一下！這是陷阱吧！這根本就是陷阱吧！你們就這麼想要我掃院子嗎！」

「怎麼樣，學弟？要再玩一次嗎？」

「那當然啦，可惡的傢伙！像這樣以多欺少我是絕對不會認同的！」

「空太技術很差嗎？」

「被嫌了哦。」

「煩死了！饒不了妳！我不會再因為妳是初學者就放水了！來徹底大幹一場！我要把你們全都打飛到冥王星的另一端！覺悟吧！揭開血債血償的大戰序幕吧！」

「學弟真是誇張啊。」

「這都是妳平常說的話吧！」

「如果接下來還是學弟輸，就要請大家吃橋本烘焙坊的頂級菠蘿麵包。」

那是座落在紅磚商店街的麵包店招牌產品，就是一天只做二十份的限量麵包。經由電視及雜誌介紹之後，最近也有許多從遠地搭電車過來購買的忠實顧客。別說是沒有一早去排隊就買不到，甚至要看到這種麵包都很困難，就連身為當地居民的空太，吃過的次數也寥寥可數。

HIT!
2P
3P
4P

「只要贏了就沒問題吧？那種東西算什麼……咦、你們怎麼擅自開始了！」

「好，咚！」

空太還來不及操作便吃了金剛的一記重量級拳頭，王子在開始的一秒鐘就變成了星星。

「看來你們要逼我來真的啊。」

「空太技術真的不好呢。」

「煩死了！」

就這樣，櫻花莊的暑假以持續到隔天早上的遊戲大會揭開序幕。

2

「那補考就好好加油。不要考到一半睡著了喔？」

「好睏。」

「睡著就完了。只要醒著，勝利就是椎名的。」

「我會努力的。」

「我就在自己的教室打發時間，考完以後要過來喔！不要自己回去又迷路了。」

「我從來沒有迷路過。」

「居然敢說這種謊……算了，趕快去考試吧。」

空太為了真白的補考，一早就來到學校。因為如果讓她自己一個人出門，連能不能走到學校都是個問題。

而且真白直到出門前一刻都還在玩電動，幾乎完全沒睡覺，如果一個不注意，她恐怕就會在附近睡翻了。

「我走了。」

「嗯……那個，空太。」

「嗯？」

「為什麼你不叫我的名字？」

「啊、這是現在該討論的事嗎？」

眼前的少女在確定以漫畫家身分出道那天，突然要求他不要叫她「椎名」，而要叫「真白」。空太完全搞不清楚原因。

昨天空太都以「椎名」稱呼她，而她也沒說什麼，所以空太還以為這問題已經解決了。

「空太？」

「那是因為、那個……總覺得如果不知情的人聽到了，會以為我們有什麼特別的關係。如果產生這種誤會會很傷腦筋吧？」

空太說了這個文不對題又不着邊際的藉口。其實這根本和他人的眼光無關，主要原因在於空太自己覺得，彼此是特別的關係才會單叫名字。不知該說是沒有理由叫她「真白」，或者是兩人還不到那樣的關係，總之空太就是因為這種莫名的意識而踩了剎車。當然，純粹覺得不好意思也是原因之一。

「現在又沒有其他人在。」

真白有顆耿直率真的心，既不懷疑空太的謊言，也不追根究柢。她相信對方說的話、相信眼前所看到的，所以想到什麼就說什麼。

空太在她清澄的雙眼凝視下，腦袋開始無法思考。

「只有我們兩人的時候就這麼叫。」

到頭來扯了藉口的空太根本就是自掘墳墓。

「妳、妳竟然還給我搞這麼一個更麻煩又讓人不好意思的狀態啊！」

「……」

真白微微歪著頭，彷彿搞不懂空太的意思。那是空太喜歡的動作之一，他輕輕鬆鬆就被逼到無法正常思考的地步。

「知、知道了啦。我會這麼做的。」

空太只想著趕快脫離這種狀況，於是口頭上做了最糟的約定，後悔也已經來不及了。

真白的眼神像在期待著什麼。

在這種情況下……不用她說，空太也知道。

「那麼，好好加油吧……真白。」

不仔細盯著看還不會發現，真白的嘴淺淺地笑了。但笑容很快消失，恢復一如以往的面無表情。她往美術科教室走去，直到看不見人影。

與真白分手後的空太，踩著茫然若失的腳步前往自己的教室。雖然與美術科在同一層樓，但分別位在隔著長長走廊的兩端。空太為了讓自己回神，確認著每一個步伐在走廊上前進。

這時吹來一陣夏天溼熱的風，風中混著認真參與社團活動學生們的聲音。金屬球棒將球打擊出去的悅耳聲音響起的同時，空太也來到了自己的教室。

把東西放在平常的座位上，然後把所有的窗戶打開。

這時，正對面與教室隔著庭院的教職員室裡出現了熟悉的身影。正在和這個月老婆似乎已經從娘家回來的高津老師對話的，是昨晚一直打電動打到今天早上的仁。如果仁今天有事要來學校，剛剛一起出門不就好了？不知道他們在談論什麼事。說到高津老師，除了跟老婆有關的話題之外，只剩下負責指導學生升學或就業的志願填寫，但仁的志願早就決定好了。

空太正充滿疑問的時候，正好與發現自己目光的仁視線對上。但那只有一瞬間，仁便立刻有些尷尬地把眼神別開了。

算了，等一下再問他原因就好了——空太這麼想著坐到自己的座位上。

他從書包裡拿出墊板對著臉搧，接著又拿出一本已經被翻到快爛掉的書。那是一本針對程式初學者所寫的程式教科書，是從住在櫻花莊102號室、擔任遊戲程式設計師的赤坂龍之介那裡借來的。

這個夏天，空太已經放棄回家鄉，決定把多出來的時間花在學習程式以及製作遊戲企劃書上面。目標是拿完成的企劃書參加遊戲公司主辦的企劃甄選活動「來做遊戲吧」。

如果行有餘力，空太還想開始做程式除錯的工讀工作。

他一手拿墊板搧著風，另一隻空著的手則翻著書本。一如往常，他還是搞不太懂書裡到底在寫些什麼東西。雖然不懂，但還是試著讀讀看。重複多讀幾遍後，總覺得好像有些理解了。

不，搞不好只是自己想太多……開始覺得是自己想太多了，果然還是搞不太懂。

「嗯～～嗯……」

感覺上這有點像在學物理，在理解之前需要一些時間，而一旦理解了就能應用在許多事情上。相反地，如果還是搞不懂，煩躁感就會久久揮之不去，即使能用公式解題卻始終覺得不暢快。就是這種感覺。

「這東西不實際摸摸看還是搞不懂呢～～」

空太只讀完一章便把書本闔上。他學到了讓電腦進行簡單計算式的程式，不過實在感覺不出，這些程式能夠做出像昨天玩到昏天暗地的電玩那樣的東西。圖像還有聲音要到什麼時候才會登場呢？

看了看用來取代手錶功能的手機，已經過了兩個小時。看來空太剛才非常集中精神念書。不過距離真白補考結束還有一段時間。

閒來無事的空太，有幾個關於程式的問題想問龍之介，於是傳了簡訊給他。

——你現在在做什麼？

結果馬上有了回應。每次傳簡訊給龍之介都是這樣。

——現在龍之介大人基於「程式設計師每天應該睡八個小時」的自我理論，已經進入夢鄉了。因此，雖然是空太大人特意來信，但恕我無法轉達給龍之介大人。特此致歉，盼能獲得你的理解。可以的話也想陪龍之介大人一起入睡的女僕敬上

龍之介所開發的自動簡訊回信程式ＡＩ女僕，今天狀況也是絕佳。

但是，既然他已經睡著就沒辦法提問。如此一來，空太又沒事做了。

為了打發時間，空太於是傳了簡訊給女僕。

——女僕的初戀是什麼時候？

手機馬上振動表示有回信。

——那是在三年前的春天。我一見到他的容貌，便全身顫抖不已。原來我就是為了服侍這一位大人而誕生的。啊～我到現在還忘不了那時候的衝擊。啊啊、龍之介大人……眼裡只有龍之介大人的女僕敬上

看來女僕打從心裡迷戀著創造出自己的龍之介。

話說回來，這系統做得真棒。如果利用這個系統製作成戀愛SLG，一定會暢銷到不行吧？下次跟龍之介商量看看。雖然他應該沒什麼興趣就是了。

——妳不告白嗎？

——我是侍奉龍之介大人之身。原本侍從這等身分就不應該對主人抱持著愛情。因此，只要能夠待在大人身邊就已經很幸福了，我要將這份情感收藏在內心深處。戀愛中的少女女僕敬上

電子女僕的回答完全脫離空太所想像，訴說著無奈的戀愛心情。空太原本只是想消磨時間，但談話內容卻越來越沉重。他想開個玩笑帶過，便問了一個大膽的問題。

——今天內褲的顏色是？

究竟會有什麼樣的回覆呢？

——灰色的四角褲。神田，問身為男性的我內褲的顏色，到底有什麼好開心的？

——我沒在問你！

——真是的，你是不是中了盛夏的暑氣，連腦漿都融掉了。

——才不是。我是在問女僕！

——商業機密。你要是一直蠢不拉嘰地做些蠢事，就會變成像蠢蛋一樣的蠢蛋喔。

空太被訓了一頓。

他立刻打了一封辯解的簡訊，手指剛要按下傳送的按鈕，手機就振動了起來。有人打電話過來了。

手機螢幕上顯示了家裡的電話號碼。

這麼說來，好像還沒跟家人說過自己不回家的事。家裡大概是為了這件事才打來的吧？空太趕緊將簡訊傳送出去，然後接起電話。

「喂。」

『喂什麼喂啊！哥哥！』

「什麼嘛，原來是優子啊。」

『什麼叫什麼嘛？哥哥！』

「不然妳要我怎樣呢？妹妹啊。」

『你今天不是要回來嗎？為什麼都沒連絡！』

「優子是我媽嗎？」

『是妹妹！』

「我知道啦。啊，對了，因為我沒辦法回家去了，幫我跟媽還有老爸說一聲。」

『為什麼？不行！你一定要回來！不然人家的暑假行程全都會變調！』

「不，其實是有點非常難說明的事。抱歉了，優子。」

畢竟要照顧真白的事實在很難說出口。

『一定跟女孩子有關。』

優子出乎意料地非常敏銳。該說是女人的第六感嗎？

「不是。」

『你的聲音都變調囉，哥哥。』

「才沒有。」

『人家聽得出來。』

「不過真的不是啦。」

『你有女朋友了吧！然後，想做很多……那、那種色、色情的事，所以才不回來的吧！對！絕對是這樣！哥哥你好色！』

「才沒有！妳想像力太豐富……不，是妄想力。哥哥我真是擔心妳的未來。妳是什麼時候學會這種事的？」

『如果不是那樣，趕快回來不就得了……』

這時優子說話的聲音聽來有點寂寞，讓空太不禁語塞。

「其實是……我撿到貓了。」

『貓？』

「嗯。所以不得不照顧牠們。」

『一起帶回來不就好了！優子也想跟毛絨絨的貓咪一起玩！』

「抱歉沒辦法，因為有七隻。」

『哥哥騙人。』

「我沒有騙妳！」

『會撿到七隻貓實在太奇怪了！只有被詛咒的人才有可能！怎麼可能在幾個月內撿到一輩子才會撿到的貓的數量？』

「我也這麼覺得啊，不過請妳相信這是真的。」

『證據！』

「什麼？」

『傳貓的照片過來。』

「爸媽幫妳買手機了嗎？」

『沒有……因為爸爸很反對，說什麼有手機很危險啦、會引起騷動啦、不知道會發生什麼事啦、是萬惡的淵藪……哥哥你也跟他們講一下啦。有了手機就可以每天傳簡訊給哥哥啦。』

「優子很受寵呢。跟我完全不一樣。」

『夠了～不要把話題岔開！證據！』

「那我等一下傳到媽媽的手機。」

『現在！』

「現在正在講電話啊。」

『那我掛掉囉。』

優子說完，沒等空太回答就掛掉了電話。空太無可奈何，只好把貓的照片附在簡訊裡，寄到媽媽的手機。

那是一張壯觀的七隻貓全員到齊的合照。

過了一會兒，空太又接到從家裡打來的電話。

「喂。」

『哥哥真的被詛咒了……』

「剛開始只有一隻，後來就莫名其妙逐漸增加了。」

『說起來是很像哥哥的作風啦……』

優子這麼說著，聲音裡仍然充滿了許多不滿。看來對於空太不回家的事還是很不能諒解。

「話說回來，家裡那邊怎樣？媽媽過得還好嗎？」

『嗯，很好啊。爸爸也是。』

「呃，我沒問老爸的近況，也不想知道。」

『你不問優子的事嗎？』

「嗯？有長大一點了嗎？」

『討、討厭啦！哥哥，你、你在問什麼啊？』

「因為過年以後就沒再見過了。多少有長大一些吧？」

『就算你是哥哥，也、也不能問人家這種問題啊。那、那個～多少有……可是真的只有一點點啦……』

「幾公分？」

『咦？要、要問到這麼細嗎？嗯、呃……五、五……』

「什麼！長了五公分嗎？真是驚人的成長率啊！」

『五公釐而已……』

「什麼啊～才這樣而已啊。」

『不、不用那麼失望吧……哥、哥哥是笨蛋！』

「妳很在意很小嗎？」

『很在意啊！真是的！你讓人家說這什麼話啊！』

空太開始覺得對話好像哪裡搭不太起來。

「反正妳是女孩子，就算小一點也沒……」

這時空太才突然驚覺。

「我先說好，我講的可是身高喔……」

『媽～媽，哥哥老是在講色情的東西啦～！』

「嗚啊啊啊啊啊啊！等等，優子！請等一下！拜託妳！妳要是跟媽媽說的話，又要召開家庭會議啦！」

但是，手機的聽筒無情地不發一語。空太才想著手機那頭遠處傳來說話聲，接著就響起了盤子被打破的聲音。

「那個～優子小姐？」

『哥哥，爸爸有話要我轉達給你。』

「什、什麼啊……老爸也在啊。不用上班嗎？」

『「女兒才不給你！我要跟你斷絕關係！」他是這麼說的，斷絕關係是什麼意思？哥哥你在哭嗎？』

「……已經開始想哭了。啊哈哈……」

『怎、怎麼了？哥哥？聲音聽起來怎麼一副心已死的感覺。』

空太連吐槽「那到底是怎樣的聲音」的力氣都沒有了。

「反、反正我沒辦法回去就是了。就各方面來說都沒辦法回去了，所以妳就跟媽媽還有老爸一起過幸福快樂的日子吧。」

『嗯、嗯……打起精神來。優子永遠都是站在哥哥這一邊的。』

「那就再見啦。」

『嗯，我會再打電話給你的。』

空太掛掉電話，把手機放在桌上。老爸說要斷絕關係當然是開玩笑的吧？沒錯，一定是這樣。冷靜想想，那個老爸決定要調職到福岡去的時候，還認定不管空太在不在都對他會不會感到寂寞沒有影響，他就是這樣的男人。但是，他對優子卻是非常溺愛。

「咦？一切真的還沒完蛋嗎？」

不，還是不要想了。不可能斷絕關係的，老古板也該有個限度。不過這倒是很像那個老爸的作風……果然，一切都已經完蛋了吧？

「唉～」

空太無力地趴在桌上。

他想著說不定龍之介會回簡訊而確認一下手機，結果什麼也沒有。現在也沒有心情問他有關程式的問題，空太決定另外找機會再問。

空太整個人放空一段時間，只是聽著自己的呼吸聲。

風的聲音、社團活動的聲音，以及混雜在其中，逐漸接近的腳步聲——踩著小小的步伐，俐落而有精神。

腳步聲來到教室前停了下來。

「神田同學？」

空太抬起頭來，開著的教室門前站著一個認識的人。

是同班同學青山七海。

「你在做什麼？」

她紮在後腦杓的頭髮搖曳著疑惑。

「陪椎名補考。」

「我不太能理解你的意思。」

想想確實如此。但空太也沒多作說明，只是如此反問道：

「妳又為什麼會在這裡？」

除了因為要說明真白的事就會變得沒完沒了外，反正就算跟一般正常人說了，對方也不會相信。

「有點事。」

七海含糊地回答著，跨過教室的門檻，坐在與空太隔一個座位的椅子上。她直盯盯地看著黑板，像在想事情的樣子。

「妳是被老師叫來的嗎？」

話雖如此，但是七海品學兼優，彷彿是畫裡的優等生。不遲到、不缺席，老師對她的評價也很好。沒有參加社團活動的七海會出現在暑假的學校裡，空太實在想不出可能的原因。

「我正在傷腦筋。」

七海仍然盯著黑板，突然說出令人意想不到的話。但從她的外表看來，跟平常沒有兩樣，不但看不出傷腦筋的樣子，從她的側臉甚至可以感覺到強烈的意志與自信。

七海以斜眼示意空太追問原因跟內容。既然已經察覺到了，就不能夠放著不管——這就是空太。

空太彷彿被控制了一般開口說道：

「呃，如果妳不嫌棄，可以跟我說啊？雖然我能幫上忙的可能性微乎其微。」

「沒關係，我本來就不抱期待。」

「嗚哇，真是過分。」

七海耍了空太一番之後，彷彿感到很滿足似地露出了鬼靈精怪的笑容。空太雖然想反擊，但笨拙的腦袋想不出什麼好回答，倒是浮現出不少被七海耍得團團轉的畫面，於是只好閉嘴。

七海得寸進尺地露出看來更壞心眼的笑容，過了一會開口說道：

「其實是……」

這時突然傳來咕嚕的聲音。

「……」

「…………」

七海的視線飄移，空太則假裝沒發現。

「其實，我今天是被老師叫來的。」

咕嚕。

「……咳咳。咦？怪怪的。喉嚨好像不太舒服。」

「那可是妳未來吃飯的傢伙，要好好保重啊。」

七海的目標是成為一名聲優，現在也為了這個目標在訓練班上課。

「說、說的也是。」

接著肚子又發出了聲音。

「喂。」

空太實在無法再繼續假裝沒發現。

「不是啦！」

咕嚕。

「啊～真是的，到底是怎樣啦！」

「那是我要說的話吧！我都已經假裝沒發現了，幹嘛還一直叫啊！」

「又不是我想叫才讓它叫的！既然都已經這樣了，你幹嘛不乾脆繼續裝死下去啊！」

「不要惱羞成怒！」

「真是，討厭！」

七海把臉別開。

連耳朵都紅了，不知道在喃喃自語些什麼。明明是自作自受，卻還反過來罵空太。

空太從書包裡拿出專為真白準備的年輪蛋糕遞給七海。

「不用了，我現在正在減肥。」

「妳沒胖到需要減肥的地步吧。」

「你又沒看過。」

七海噘著嘴，雙手按著自己的肚子。即使如此，她還是一副飢餓難耐的樣子，充滿怨念地看著年輪蛋糕。

「好啦，妳就趕快吃吧。」

「多少錢？」

「不用了。」

「神田也是住宿生，沒有理由白白吃你的。」

七海這麼謙虛又認真的個性，真想多少分給櫻花莊的同學。

「那就一百圓加上消費稅。」

七海從書包拿出零錢包，在桌上倒過來，掉出來三枚硬幣。兩枚十圓硬幣，一枚一圓硬幣。總計二十一圓。

「這是哪門子的搞笑短劇？」

「我手邊只有這些錢。這個月已經連手機都沒辦法用了……」

「不會吧……」

「可不可以不要用那種可憐的眼神看我？打工的薪水週末就會入帳了，所以沒有問題。」

「但是，今天跟明天只剩二十一圓……算我拜託妳，請妳把年輪蛋糕給吃了吧。我都要心痛死了。拜託妳，吃吧。」

空太誇張地撫著胸口，裝出很痛苦的樣子。不，其實他真的多少感覺有點心痛。

「既然你都這麼說了……不過，我拿到薪水就會還你，你要記得喔。」

空太敷衍地回話後，把年輪蛋糕遞給七海。

七海一打開包裝便大口咬了起來，結果馬上噎到了。

「妳慢慢吃就好了！」

空太拍拍她的背，但看來好像也沒什麼用。於是他衝到走廊，到樓梯旁的自動販賣機買了鋁箔包裝的紅茶後回到教室，插上吸管遞給七海。

「呼啊……我還以為死定了呢。謝謝……」

「我可不想變成殺人犯，所以妳還是小心點吧。『年輪蛋糕殺人事件，年輪蛋糕目擊了一切。』才不想變成這樣。」

「我也不想啊。」

七海一臉認真地瞪了空太。

「不過，這也沒辦法啊。因為我從昨天中午到現在，已經整整一天沒吃東西了。」

「啊？不過就算沒錢，一般宿舍還是會供餐吧？早餐跟晚餐是包含在住宿費裡的。」

「就說過我沒錢了。」

「還有二十一圓吧。」

七海以冷漠的眼神表達抗議。

「剛剛那句話讓我感到滿滿的惡意。」

「那、然後呢？」

「我稍微積欠了宿舍的住宿費。」

「稍微……是？」

「那算稍微嗎？搞不太懂積欠住宿費的標準。」

「大概三個月左右……」

「所以供餐就被停掉了。」

「喔～講得好像瓦斯還是水電一樣。」

「今天就是因為這樣才被叫出來的。學校下了最後通牒，說我這個月要是再繼續積欠住宿費，就要找我的父母談。」

「我記得妳的父母……」

「嗯，本來就反對我離開家鄉。主要是因為我想當聲優，所以生活費都靠自己賺。不能給周遭的人添麻煩，也不能靠家人，就是這樣的條件才讓我進水高念書的。現在如果讓他們知道我繳不出住宿費就不妙了，一定會被帶回大阪去的。」

「原來如此。」

七海只用一句「我正在傷腦筋」帶過，但情況比想像中嚴重許多。

「訓練班後期課程的學費已經付了，所以只要暑假打很多工，之後應該就沒有問題。另一份打工也找到了。」

「可是，暑假期間還是要付住宿費。」

「嗯。所以我正在煩惱該怎麼辦。」

七海嘆了口大氣。即使如此，挺著背坐在椅子上的七海，還是看不太出很煩惱的樣子。

大概是因為這樣吧？

所以空太才能半開玩笑地說出這種話。

「不然就搬到櫻花莊來啊？」

七海的肩膀抖了一下，接著緩緩地轉過頭來看著空太。

「櫻花莊？」

「雖然很破爛，但住宿費很便宜，伙食費也不算在內，所以可以自己控制花費。我搬到櫻花莊之後，就算加上買貓食的錢，生活費還是比以前少。而且宿舍裡還有女孩子的空房。」

「嗯～這樣啊。」

七海用手指抵著下唇，陷入沉思。

「可是，櫻花莊不行。」

「確實跟青山的形象不太符合。在校園裡還要忍受異樣的眼光……而且好像也容易惹來老師的責難……果然還是不行啊。」

「我不是那個意思。」

空太的這番話惹得七海的口氣帶著不滿。但是空太並不知道為什麼；他只知道如果開口問七海原因，會讓她更不高興，但若因此而不問又會被她兇狠地瞪視。

「不然是為什麼？」

「有男孩子住在裡面。」

低著頭的七海視線向上望著空太。

「仁學長確實是滿危險的人物……」

那位外宿帝王現在有六個女友，全都是年紀較長的大姊姊。而他過夜的行程是依星期幾來排的，簡直是糟糕透頂。嚴重的時候，甚至會一整個星期都不回來。

「應該說，神田同學也在。」

「青山……妳把我當什麼了？」

「男人、雄性動物、狼。」

「我不是動物也不是狼！就算青山在櫻花莊裡，我也無所謂，完全不會有感覺。」

這句話使得七海的心情大變。

「你是說我沒有魅力？」

七海原本堅定的眼神開始動搖，因為不安而撇開的視線落在地板上，順勢移到遠處。儘管如此，七海還是偷偷注意著空太。

「不，我並沒有不把青山當女性看待的意思。」

「不然，你是怎麼想的？」

七海率直可愛的聲音所透露出的不安與期待，讓空太無法冷靜，心中不斷動搖。不知所措的他只能像個笨蛋似的，嘴巴不斷張闔著。

「你是怎麼想的？」

七海窮追不捨，空太以變調的聲音說：

「有！有魅力！剛才那、那、那個只是賭氣，或者該說是有些不好意思。如果青山住在櫻花莊，我大概每天都會流鼻血，遲早有一天會流血過多而死……說不定會這樣！」

空太一口氣滔滔不絕。

七海直盯盯地看著空太，突然間彎著腰，拚命忍住笑意。

「那個～青山小姐？莫非妳是在騙我？」

挺起上身的七海，用手擦掉因為笑過頭而流出來的眼淚。

「神田同學真的很單純。」

「妳喔……」

「你最好小心一點，女孩子是很狡猾的。」

「尤其是……青山的演技真好啊。」

「謝謝。這是最棒的讚美了。」

七海這麼說著，接著像是發現了什麼般抬高視線，看著空太的上面……不，是後面。

空太回過頭去，發現真白就站在教室門口。

真白看著空太，然後瞥了七海一眼，視線再度回到空太身上。

「補考結束了嗎？還滿快的。」

真白走到空太面前，把答案卷放到桌上。

空太一張張確認。總共五張，是今天補考全部的答案卷。

每一科都是一百分，完美的五連勝。

「你可以誇獎我。」

「誰要誇獎妳啊！妳這個詐欺犯！」

「不用害羞。」

「我才沒害羞！這全都是多虧了妳那好用的特殊能力而已吧！給我向全世界正在認真念書的人道歉！」

「對不起。」

「有誠意點！」

「對不起？」

「為什麼會變成疑問句啊！」

「那、那個，神田同學？」

七海不知該如何加入兩人的話題，於是怯生生地出了聲。

「啊，抱歉。身體不自覺就對愚蠢對話起了反應。」

「真、真是辛苦啊。」

這時真白拉了拉空太的袖子。

「嗯？啊，她是我的同班同學青山七海。」

空太這麼介紹，而真白的反應出乎意料。

「美咲動畫的聲音。」

「喔。對啊，不過妳怎麼會知道？」

「之前聽美咲提過。」

「不過椎名會記得名字還滿稀奇的。」

「因為是很美的名字。」

真白一臉認真地這麼說著，七海理所當然地吃了一驚，並率直地回答：

「謝、謝謝。」

「我想妳大概知道，這位是椎名真白，跟我一樣住在櫻花莊裡。」

「嗯，我知道。椎名同學是很有名的人。」

因為端莊的外型及天才畫家的頭銜，從插班進來開始就吸引了全校同學的目光。在水高裡恐怕沒有不知道真白的學生吧。

即使自己的名字被提到，真白還是一如往常，面無表情地站在空太旁邊。

「空太。」

然後一如往常，唐突地叫了空太的名字。

「只、只叫名字……？」

七海小聲地嘀咕著，但空太沒有聽到。

真白接下來要說的話還沒說出口，空太已經從書包裡拿出年輪蛋糕遞過去。

「只有一個，所以要珍惜著吃。」

真白纖細白皙的手指抓著袋子。

但她看來並不打算吃，視線回到空太身上。

「我想吃橋本烘焙坊的頂級菠蘿麵包。」

「妳為什麼淨學些多餘又沒用的東西啊……」

「沒有嗎？」

「別奢望了，趕快吃吧。」

真白沉默地點點頭，打開袋子咬了蛋糕。

跟餵食動物飼料是一樣的感覺。

七海也一臉驚訝地看著真白。

就在這時，真白毫無預警地閉上眼睛，不到三秒就站著睡著了。

「不准睡！」

空太輕輕地戳了她的頭。醒來的真白又一副什麼都沒發生的樣子，繼續嚼著年輪蛋糕。過了大約十秒，真白又開始打起盹來。

「都叫妳不要睡了！」

空太這次用手指戳了戳她的額頭。真白醒來後又跟剛才一樣，繼續吃著年輪蛋糕。

「椎名同學真是……該怎麼說呢？真是一個很有個性的人呢。雖然以前就多少有這種感覺了……」

七海慎重地用字遣詞，說出自己的感想。

「這樣還算是好的了。」

「是嗎？」

在空太與七海短暫交談時，真白第三度踏上夢的旅途。

「妳也該有點分寸了吧！」

空太使出最後一擊，往真白腦門就是一記手刀。

「很睏。」

「妳好歹也看一下地方跟狀況吧。」

「誰叫昨天空太不讓我睡。」

「咦？」

「咦咦！」

空太的疑問與七海的驚呼重疊在一起。

七海馬上以質問的眼神看向空太。

「絕對不是那樣。」

「空太明明技術很差還一直不停下來。」

「椎名妳可不可以稍微閉嘴？」

「神田同學你才應該要閉嘴！」

七海不知道為什麼對空太發火了。

滿臉通紅的她一定是誤會了。

「一直玩到天亮，所以身體受不了。」

「神、神田同學，你、你實在是！」

「不是啦！真的不是！不是青山所想像那方面的事！是電動！昨天……應該說我們直到今天早上都在玩電動！真的啦！妳要相信我！」

雖然七海不再追根究柢，但眼神還是充滿了百分之百的懷疑。

「真的是這樣嗎？椎名同學？」

在這緊要關頭，真白又睡著了。

「給我起來！椎名！會鬧出人命的！」

被叫醒的真白像被搶走地盤的貓一樣，心情惡劣地瞪了空太一眼。

「我們是在打電動，對吧？椎名？」

「是啊。」

「就、就算是這樣，你們一整晚都待在同一個房間裡吧？如果一直這樣下去，難保不會出事吧！」

「這點沒問題的。因為仁學長跟美咲學姊也在，總共有四個人！」

真白斜眼看著正企圖解開誤會的空太，大概是站不住了，整個人靠到空太身上，佔據了空太坐著的椅子一大半，舒服地進入了夢鄉。

真白柔軟的肌膚觸感及體溫，從接觸的部位傳到空太身上。

因為真白的動作太過理所當然，再加上空太正專心地向七海解釋，以至於完全錯過了閃避的機會。

就七海看來，可能覺得真白跟空太的態度看來非常自然。不，應該說七海僵硬的表情已經說明了一切。

「什、什麼事啊，青山？」

七海會說些什麼，空太心裡大概已經有了底，問題在於是其中的哪個問題。

「你們兩個在交往嗎？」

七海一字一句問得清清楚楚。已經無法從容以對的空太，當然不會注意到她的手正微微顫抖著。

「為、為什麼會變成這樣？」

「應該說是距離感……這種感覺……現在也……」

空太慌張地把真白搖醒，把椅子讓給她之後自己站起身來。即便如此，空太身上還確實殘留著真白的體溫，心中產生激烈的動搖。

「不然你們是什麼關係？」

「只是住在同一棟宿舍而已。」

空太為慎重起見，以眼神暗示真白不要多說話；真白輕輕地點點頭。看來以眼神漂亮地溝通成功了。

就在空太感到放心的瞬間……

「空太是我的飼主。」

真白一臉認真地對七海這麼說。

空太覺得自己一瞬間從盛夏的教室裡，被吹到暴風雪肆虐的南極大陸去了。

冰冷的空氣凍結。

七海臉上沒了表情，只是沉默地眨著眼，雙唇上下微微顫抖。

「椎名！妳為什麼老是在最緊要的時間點說出不該說的話啊！」

「飼、飼主……」

七海的肩膀不斷地顫抖著，緊緊握住的拳頭激烈晃動。她突然抬起頭來瞪著空太。

空太被那刀子般銳利的視線貫穿，辯解的話卡在喉嚨裡說不出口。

「神、神田同學！你這樣不行！」

七海站起身來，用食指指著空太如此說著。

「喔～關西腔。」

「如、如果是男女朋友還可以理解……可、可是飼主……你、你到底在幹什麼啊？絕對不行，這種高中生實在要不得。」

七海內心非常激動，加上感到不好意思而滿臉通紅。不知道她從飼主這個字眼想到了什麼。總之在她的腦海中，空太跟真白一定正在做些非同小可的事。

「我要澄清一下，青山妳誤會了！而且誤會可大了！」

「人家才不聽藉口！」

七海帶著一雙泫然欲泣的眼睛，威嚇的視線從頭到尾沒有從空太身上移開。

「不，我都說了真的是誤會一場！」

「嘴巴上要怎麼說都行唄。人、人家才不會相信咧！更何況，飼、飼主……飼主……你究竟在搞什麼啊！」

「啊～那妳要怎樣才相信啦！」

「人家想到一個好主意了……」

空太彷彿看到七海的雙眸深處閃著不該看的光芒。

「什、什麼好主意啊？」

有一種強烈不祥的預感從空太腳底竄上來。

「到底……」

七海話說到一半，閉上眼睛深呼吸。稍微冷靜下來之後，緩緩地張開眼睛，筆直看著空太強硬地說：

「到底是不是誤會，等我搬到櫻花莊就知道了！」

空太表情僵硬；真白則事不關己地睡著了。

的確，先提出要七海搬到櫻花莊的人是空太。但是，那是因為七海有積欠住宿費的問題，而不是為了要她來監視自己的生活。

「不要太急著下結論，青山！妳應該要更珍惜自己。」

抱著明確的目的確認空太與真白的關係可不妙。這不管怎麼想都不太正常。

七海毫不理會空太複雜的心情，已經恢復理智，並露出從容不迫的笑容說：

「請多多指教囉，神田同學。」

這天晚上，在緊急召開的櫻花莊會議上，千尋報告了青山七海入住２０３號室的事。大概是因為七海積欠了住宿費，學校方面令人傻眼地非常爽快就答應了。

因為考量到需要諸多準備，搬家決定在八月一日。而由於七海有經濟上的問題，所以這天會議也決定不請搬家公司，而由櫻花莊的成員們幫忙。

七月二十二日。

櫻花莊會議紀錄上如此記載著。

——普通科二年級青山七海同學決定入住２０３號室，歡迎會預定於搬家當日晚上舉行。自己惹來戰爭的空太完全不值得同情。算了，就讓我們好好地玩吧！基於好意給予忠告，有人可能

會無法忍耐到八月一日，建議各位做好隨時應變各種突發狀況的心理準備。書記．三鷹仁

——美咲學姊，請絕對不要做些沒必要的事！追加．神田空太

——在這個世界上，才沒有什麼是沒必要的事呢！追加．上井草美咲

第二章
掀起軒然大波吧

1

「這裡有橋本烘焙坊的頂級菠蘿麵包。」

第二天的補考結束，空太一回到櫻花莊，還沒換衣服就先把真白帶到飯廳去。來到每天吃飯用的圓桌前，把麵包店的紙袋放到坐在隔壁的真白面前。

空太和昨天一樣負責接送真白，一早就到學校去了。他利用真白考試的空檔直奔商店街，排隊將大受歡迎的菠蘿麵包弄到手了。

這並不是輸了遊戲的懲罰；而是拿來作為讓真白答應某件事的誘餌，經過深思熟慮後所準備的秘密武器。

真白很感興趣地看著麵包店的紙袋，立刻一聲不響地伸手過來。只差那麼一點就要碰到時，空太迅速地將頂級菠蘿麵包抽回去。真白的手撲了個空，本以為她會轉過頭來向空太表示抗議，沒想到她的目光仍然死盯著麵包店的紙袋。

「不給我嗎？」

「妳可不可以不要對著麵包講話？」

真白的嘴角微微浮現出不滿，終於轉過來看著空太。

「原來如此，是用誘之以利的作戰方式啊。」

原本就坐在飯廳裡的仁，吃著已經過了中餐時間的烏龍涼麵，笑嘻嘻地看著兩人。即使在宿舍裡，他仍然穿著整齊，一身POLO衫加灰色工作褲。

空太不想被當作看熱鬧的對象，本想抱怨個一兩句，但是說些有的沒的岔開話題反而麻煩，所以決定無視仁的眼光。

「這個菠蘿麵包給妳，但妳要答應我一件事。」

「我答應你。」

「我根本什麼都還沒說吧！」

「……」

「妳聽好了，大概再過一個星期，青山就會搬到櫻花莊來。她會住在妳房間的隔壁。這妳知道吧？」

真白點點頭。

「妳仔細想想。叫妳起床的是我，幫妳準備衣服的是我，洗衣還有準備三餐的也都是我……甚至於連洗內褲、折內褲、還有選內褲的都是我耶！」

「穿的是我。」

「不要插嘴說些沒用的蠢話！這不管怎麼想都不太正常吧？如果認真的青山知道了這個具衝擊性的事實，不知道會怎麼想。」

空太大概會被貼上變態的標籤，被當作垃圾般對待吧。最後，謠言會傳遍學校，然後傳到商店街，空太很快就會無法以真面目示人。光用想的，空太就覺得意志消沉。

即使如此，真白卻連空太百分之一的危機感都沒有。

「我覺得她會想吃頂級菠蘿麵包吧。」

「那是妳現在心裡想的吧！」

「才不是。」

「喔，哪裡不是？」

「我是非常非常想吃。」

「……仁學長，我到底該怎麼辦才好？」

對於這遠比預想的還亂七八糟的回答，空太很快就認輸了。

「什麼啊，你不是打算無視我的存在到底嗎？」

仁嘴裡嚇嚇作響地吸著烏龍麵，拿沾了蔥的筷子指向空太。

「我內心確實是這麼想的。對不起，幾秒鐘之前的我真是個笨蛋。」

「我看不如就反過來想，乾脆當作你們正在交往如何？」

「算我笨才會向你求救……」

「你先把話聽完。」

仁收拾好烏龍麵的盤子，離開餐桌來到流理台，俐落地洗著盤子繼續說了：

「就邏輯上來思考，從來就不會洗衣、打掃跟換衣服的真白，就算閉關修行也不可能一個星期就學會吧？」

「話是沒錯，但也只能賭賭看了！」

「不可能的事你就乾脆死心吧。實際上真要做的話，只能採納我的建議了。不管是早上叫她起床、光明正大地進她的房間、幫她換衣服，還有洗她的衣服，如果是男女朋友就一點也不奇怪了。這樣青山也會因為無可奈何而接受的。」

仁這麼說著從廚房走回來，再度坐到餐桌旁。

「喔喔，確實是這樣沒錯！真不愧是仁學長，腦筋真好！……會這樣才有鬼啦！」

「喔，難得你會先搭腔再吐槽呢。」

「仁學長，你有做過幫女友挑選要穿的內褲這種事嗎？」

「我沒辦法做到這麼變態的地步呢。」

「不准說變態！」

連仁都這麼認為，要是被七海知道就完全毀了。

「我對內衣褲沒有興趣，重要的是裡面的內容吧。」

「我沒有在問你這個！」

空太後悔找錯人商量，再度轉向真白。

「總而言之……」

真白不知何時從書包裡拿出筆記本開始塗鴉，而且畫的是橋本烘焙坊的紙袋。看來食欲已經蔓延到手指了。畫得很好、很逼真，但還是吃不到。

「真的拜託妳了，椎名。青山本來就不是那種應該到櫻花莊來的傢伙。如果維持一直以來的生活，放完暑假我們真的會沒辦法到學校去喔？」

「那就糟了。」

「那就表現出覺得很糟的樣子！」

「非常糟糕。」

「完全感受不到！」

真的已經不行了。無法指望真白跟自己有一樣的感覺。

「就算妳無法理解也無所謂，總之妳得學會自己洗衣服跟換衣服。算我求妳了！那麼，今天開始特訓，知道了嗎？」

「……」

「喂，聽懂了嗎？」

「如果吃了頂級應該就會懂了。」

「要省略也應該是說菠蘿麵包！」

菠蘿麵包原本就是為了這件事而準備的，所以空太把麵包遞給真白。真白迅速地打開袋子拿出菠蘿麵包，動著小小的嘴開始吃了起來。

「那妳了解了嗎？」

「了解頂級了。」

「……是、是。」

空太在等她吃完的空檔，先離開座位到冰箱去拿飲料。在自己與真白兩人的杯子裡倒入烏龍茶後，再度回到餐桌旁。

這時在空太座位前，擺著被剝得精光的菠蘿麵包，只有外層酥皮的部分被吃得乾乾淨淨。

「妳怎麼這麼浪費啊！」

「那些給你。」

「妳一定會被浪費妖怪（註：日本公益廣告當中的角色，夜晚會出現在浪費的人床邊說教或把人吃掉）給吃掉的！」

空太這麼說著，一口塞進被剝得精光的菠蘿麵包。菠蘿麵包完全變成了普通的麵包，儘管麵包部分還是Q軟有彈性，非常好吃……

「我了解空太想說的話了。」

「喔，那妳說說看妳了解了什麼。」

「簡單地說……」

「嗯。」

「為了守住我跟空太的秘密……」

「不用說得一副神秘兮兮的。」

「要把七海……」

「喔。」

「消滅掉。」

「妳話是怎麼聽的啊！」

仁忍不住跺腳爆笑。

「我什麼時候跟妳商量殺人計畫啦！」

「剛剛。」

「沒有！沒有那回事！」

真白歪著頭。

「奇怪的是妳吧！幹嘛一臉『真是意外』的表情！」

「不是嗎？」

「當然不是！在消滅他人之前，先把妳自己給解決掉吧！」

「空太在說些什麼？」

「妳才在說些什麼咧！妳根本就搞不清楚狀況，怎麼可以消滅別人！最近的年輕人都是這樣才糟糕！要多跟別人互相了解！」

真白完全不受空太情緒的影響，依然維持自己的步調，悠閒地喝著杯子裡的烏龍茶。在吃完菠蘿麵包之後，真白似乎已經完全對空太失去興趣。

「就說當作你們在交往就好了。」

被仁說了好幾次之後，空太開始有點覺得這是個不錯的辦法。

空太努力拉回一瞬間開始傾向這個建議的想法。

「聽好了，椎名。從今天起要進行一個星期的特訓，這是A計畫。如果不行，再討論仁學長的B計畫。」

不知道真白聽不聽得懂，她只是一直盯著空太。

「消滅她是C計畫囉。」

「那當然是駁回啊！」

這時玄關的門鈴響了。

仁以眼神催促空太，空太於是從座位上站起來。剛好他也想恢復冷靜，有客人來訪正好是個緩衝。

「來了來了，哪位啊？」

他一邊這麼說著，一邊喀啦喀啦地打開玄關的門，看來心情不好的青山七海正站在那裡。

「嗚啊！」

「為什麼那麼驚訝？」

那當然是因為現在剛好正在研討七海對策。不過空太只回答「沒什麼」含糊帶過，儘管內心的動搖已經完全寫在臉上……

「青山妳才怎麼了吧？」

「我的行李有沒有送來？」

「啥？」

「因為我要辦遷移宿舍的手續，今天一早去了學校……」

所以七海才會穿著制服吧。

「當我回到房間時，我的行李全都不見了。」

「什麼？該不會是有人用了消失的詭計之類的？」

「沒想到神田同學會做這種惡作劇。」

空太被輕蔑的眼神盯著看。

「我是開玩笑的，對不起。因為我腦海中剛剛浮現了某人的臉，但我的防衛本能忍不住開始抗拒，所以才……」

所謂的某人，不用說當然就是住在櫻花莊裡的外星人。

七海應該也是因為同樣的想法，才會出現在這裡。

「可以進去嗎？」

「當然。」

空太帶著七海直接走上二樓，毫不猶豫就來到最裡頭的２０３號室。

房門上掛著寫了「小七海的房間」的牌子。如此看來，也就很難否定自己原本的猜測了。

七海也彷彿死了心，嘆了一口氣。

「……青山，妳還好吧？」

「我沒事。」

七海淡然地回答。

「總覺得妳看起來莫名地冷靜，這才更叫人害怕。」

「發現房裡的行李全都不見時已經夠驚訝了。而且，我在來這邊的路上一直在想，除此之外沒有其他可能性。所以我只是因為早有心理準備而已。」

「……這樣啊？那要怎麼辦？」

空太如此問道，七海則以眼神示意空太轉動門把。

空太做好心理準備，打開了203號室的門。

首先映入眼簾的是大窗戶，從外面吹進夏天的風，把天空藍的窗簾吹了起來。

格局跟空太的房間一樣，不過大概是因為裡頭只放了最基本的家具跟家電，所以有比較寬敞的感覺。房裡只有床鋪、衣櫥以及桌椅。

可能是喜歡玻璃製品吧？桌上擺了好幾個動物飾品，仔細一看全都是老虎。

七海不發一語地走進房裡，一件件確認行李，結束之後轉頭看了站在門邊等待的空太，點了點頭表示沒錯。

空太表示「打擾了」，也跟著來到床邊。萬惡根源的美咲，在空太所養的七隻貓陪伴下，正緊抓著老虎形狀的抱枕，舒服地在床鋪上睡覺。

感覺到有人靠近的白貓小光抬起頭來，看了空太及七海便「喵」地叫了一聲，從床上跳下來，在七海的腳邊嬉鬧了起來。看來牠似乎還記得七海。

空太撿到小光的時候，碰巧七海也在旁邊。在被流放到櫻花莊之前，兩人常一起餵貓。那也讓空太與七海變得有話聊。

七海摸摸小光的頭。

「真的長大了呢。」

小光很開心似地叫了。

美咲的耳朵對這聲音起了反應，佔據床鋪的貓女王發出奇怪的聲音醒來。

「喵～」

她打著呵欠、伸伸懶腰，受驚嚇的貓咪們也同時起身。包含小光在內的七隻貓，彷彿察覺到七海所釋放出來的危險氣息，全都拋下飼主空太，迅速地竄逃出去。

如果可以，空太也想一起逃出房間。

但又不能放著不管。七海全身微微地顫抖，直盯著美咲。

「我想要換個衣服就去打工，可不可以離開我的房間？」

沒想到七海發出的聲音相當平靜。

「她這麼說了喔，學弟。」

「上井草學姊也是。」

「咦～有什麼關係～同樣是女孩子就讓我們好好相處嘛～」

「不要。而且再沒常識也該有分寸吧。妳任意搬走別人的行李，為什麼還可以一副若無其事的樣子。」

七海平淡地撂下如刀刃般銳利的話。

「太棒了，青山，再多講一些。」

雖然最大的受害者確實是青山，但是因為她提早搬過來，對空太來說也是嚴重的打擊。這麼一來，就沒有實行A計畫的時間了。在這種時候，不得不思考接下來的對策。

「人生需要適度的驚喜當作營養品喔！不然身體會飢渴的！沒有驚喜，就沒有人生！」

「凡事都該有分寸。這種事實在太出乎意料了。」

「就是說吧？出乎意料地有趣對吧？昨天一聽到小七海要來，我就拚命動腦喔！要安排搬家公司的人可是很辛苦的～因為他們說了很多無法免費提供協助之類莫名其妙的話，我一直跟他們說這是在幫助別人，結果花了三個小時跟他們講電話呢。不過也因為這樣，小七海才會這麼開心，真是太成功囉。」

眼神閃閃發亮的美咲，不可能抱有罪惡感這種東西。

空太之所以沒發現搬家的事，是因為一早就陪著真白而沒留在櫻花莊的緣故。空太忍不住開始感到懊惱，如果自己留在櫻花莊；如果沒有真白的補考——不過，無論如何應該都無法阻止美咲的暴走……

「這樣的話，立刻就輪到B計畫登場了。」

空太一回過頭，就看到正探頭往房裡看的仁。仁看見空太，嘴角便露出笑容。由此看來，空太確信仁早就知道行李被搬過來的事了。

仁的背後站著真白。

「三鷹學長……還有椎名同學……」

七海看了每個人的臉之後，朝著正面鞠躬致意。

「我是普通科二年級的青山七海。本來預計是八月一日，但看來從今天起就要承蒙各位照顧了。請多多指教。」

「因為人家想要早點跟小七海在一起嘛～」

美咲立刻如此回話。

「嗯，多多指教。」

仁爽朗地這麼說道；真白則點了點頭。

最後空太好不容易只講了這句話：

「多多指教。」

「話說回來，請問什麼是B計畫？」

耳朵靈敏的七海向仁這麼問道，空太則以眼神訴說著要仁不要多嘴。

「詳情問空太就知道了。」

仁給了個最糟的回答。

他就是想擾亂整個局面，而且還樂在其中。

空太裝做沒發現七海正以斜眼瞪著自己，就這麼打發過去。

「嗯～算了……反正我想要趕快去打工了。可不可以馬上離開我的房間？還有，二樓男性止步。」

七海不容分說地這麼說道。

「雖然我不知道以往是怎麼樣，但既然我來了就請務必遵守。」

面對七海銳利的眼神，仁舉起雙手做出投降的動作。這麼一來，要照顧真白幾乎是不可能的事。到底該怎麼辦？

趁著所有人的注意力分散之際，在衣櫥尋找東西的美咲突然哼唱起歡欣鼓舞的奏樂，高舉著白布。

「你看你看，學弟！小七海會穿這麼色情的東西喔！」

美咲送到空太眼前的是有輕飄飄蕾絲的白色內褲，透明得彷彿看得到另一邊。不，是看得到美咲得意的表情。

「美咲學姊，妳是勇者嗎？」

對於美咲沒神經到能夠隨便打開別人的櫃子跟抽屜，空太只能搖頭。

「咦？咦……那個是從哪裡……」

還搞不清楚狀況的七海睜大眼睛。

「看起來越是一絲不苟的女孩子，在這種看不到的地方越是大膽呢。」

仁冷靜地分析著。

「請、請還給我！」

終於理解狀況的七海，以迅雷不及掩耳的速度從美咲手上搶回內褲。將內褲放回衣櫥後，立刻瞪著空太。

「那、那是家鄉的朋友在我生日的時候開玩笑送我的，不是我自己選的，而、而且都還沒穿過！」

「那麼，希望妳第一次是穿給我看。」

仁若無其事地逗弄著她。

七海瞬間滿臉通紅。

「我絕對不會穿的！神、神田同學你知道了嗎？」

「我明明什麼都沒說吧……」

「是啊是啊。空太早就看慣內褲了。」

「咦？」

「仁學長，請不要多話！」

「反正馬上就會被發現的。」

仁瞄了真白一眼，而七海也看到了。接著，空太也從七海些微的表情變化中察覺到了，於是趕緊做好心理準備。

但比起七海，美咲的動作更快了一步。

「你們看～還有這種的！」

她拿出同樣是白色、兩端綁帶子的款式。

「啊，我搞不好比較喜歡這種，因為比較好脫。」

仁故意說出自己的感想。

「美咲學姊，要是在國外的ＲＰＧ裡，妳早就被射死了。」

空太忍不住同情起七海。

「請不要隨便碰我的東西！那、那也是朋友給我的，才不是我自己選的！」

七海以野生動物獵餌般的敏捷搶下內褲。

「從剛才開始到底是怎麼回事啊！」

「好了好了，美咲學姊跟仁學長請離開房間吧。再這樣下去青山會精神崩潰的。」

仁嘴裡說著「哎呀呀」一邊走出房間，不發一語的真白跟在後面離開。

「神田同學也是！」

「咦？我也是同類？」

「明明就是禽獸……」

七海發出沙啞微弱的聲音。

「不要在那邊碎碎唸。」

七海聽了深吸一口氣大喊：

「禽獸！」

「不是叫妳講清楚的意思！」

「啊～真是～莫名其妙！算了，請讓我一個人靜一靜！」

折回來的仁把美咲也帶離開房間。

「神田同學也趕快出去！」

「青山。」

「幹嘛？」

「妳不後悔嗎？」

「已經後悔了啦。不過事到如今講這些也沒有用，畢竟積欠住宿費的人是我，沒有立場要求太多。」

要說這很像七海的作風，確實是她一貫的認真正經。

「而且說不定也是個機會。」

稍微壓低聲音的七海凝視著空太。

「喔、喔。雖然搞不清楚怎麼回事，不過妳好好加油吧。」

「嗯，雖然不想被神田同學這麼說，不過看來不多加把勁是不行的。」

七海一副失落的樣子垂下肩膀，只有視線強而有力地追著先離開房間的真白。

「青山，我有些話想先告訴妳。」

「什麼？」

「美咲學姊並沒有惡意，她是真的很歡迎妳。這部分希望妳能理解。」

「神田同學也歡迎我嗎？」

「那當然。」

雖然希望她在自己準備好隱藏與真白之間的秘密之後再搬過來，不過有正常人的夥伴搬進宿舍當然還是非常歡迎。

「我一直在等待，甚至可以說是期待。」

「指我嗎？那、那是什麼意思？」

「不用我說妳也知道吧。」

「你不說我怎麼會知道……那種事情……」

仰望著空太的七海眼中充滿期待的光芒，等著空太的回應。這使得空太無法退縮，決定把自己的想法告訴她。

「我從以前就覺得青山很棒。」

「真、真的嗎？」

「是啊。我一直希望妳能到櫻花莊來擔任吐槽的工作。」

七海表情嚴重僵硬，只是低著頭，身體不斷地顫抖。

而空太完全沒有發現。

「你最好現在就被隕石擊中死死算了。」

七海發出非常低沉的聲音。

「咦？」

「夠了，趕快滾出去！」

空太被七海丟出來的老虎抱枕直擊臉部，慌張地離開了房間。

真白、仁還有美咲都還留在走廊上。

「哎啊，第一天就被討厭了。而且她說接下來要去打工，歡迎會只能改天再說了。」

「咦～～人家想要跟小七海好好相處的耶～～」

「妳也不想想是誰害的！」

「全都是學弟害的！」

「我也同意美咲的看法。」

「我也是。」

真白機靈地搭上順風車。

「連椎名也這麼說嗎！」

「神田同學！請不要在我的房間前面吵鬧！」

這時突然傳來七海的指責，仁與美咲露出勝利的驕傲表情。至於真白，則以同情的眼神看著空太。

「我……做了什麼？」

「我認為你毫無自覺這點正是原因所在。」

遺憾的是，空太不懂仁所指的是什麼意思。

「空太，還有C計畫。」

「駁回！」

2

真是令人傷腦筋。

到底該怎麼向七海說明真白的事呢？

今天早上醒來之後，空太就一直在想著這個問題。即使現在在打掃浴室，腦袋還是全速迴轉思考中。

原本這個星期是真白負責打掃浴室，但是讓她來做的話一定會引起某種危險，到頭來還不是空太要幫忙擦屁股，所以最近空太都乾脆完全自己來了。

用蓮蓬頭沖洗掉清潔劑的泡沫。

昨天七海突然搬進來，後來便出門打工去，回來時已經超過十點，所以還沒發現櫻花莊真正的異常所在。

但是，說不定今天或明天就會發現。有必要儘早處理。

話雖如此，空太只剩下B計畫的選項。

仁推薦的作戰計畫，也就是謊稱與真白正在交往，讓七海睜隻眼閉隻眼當作沒看見。

感情空窗十六年的空太，就算扯這種謊說不定也會馬上被揭穿。

再說，要怎麼告訴七海？

——我跟真白已經在交往了，不要來妨礙我們。

喂、喂！你到底算哪根蔥啊？這樣根本就不像自己。

——呃，其實我跟真白決定要交往了，請溫暖地守護我們。

這樣簡直就像對關照自己的學長打招呼一樣。

——本日登門拜訪，不為別的，希望您准許我與真白小姐交往。

這已經是準備向對方家長磕頭了吧？喂！

顯然有困難。況且，只要謊稱兩人在交往，之後的每一天不就都必須為了欺瞞七海而裝出一副正在交往的樣子嗎？這樣簡直比地獄還不如。

而且如果被要求接吻當作證明，那真的一集就玩完了。風險實在太大了。

沖洗完浴缸上的泡沫，空太關掉蓮蓬頭，把在腳邊磨蹭的花貓木靈抱到自己臉旁。

突然被抱到高處的木靈不滿地發出低沉的叫聲。

「你覺得我應該怎麼辦？」

「我覺得那孩子應該不會知道答案吧。」

空太轉向聲音傳來的方向，發現七海正以同情的眼神看著自己。她穿著丹寧馬褲，上衣是白色襯衫，一身整齊的裝扮。雖然同樣是女孩子，但美咲在宿舍裡穿著總是非常休閒，至於真白則幾乎都穿著睡衣。

空太把木靈放下來之後，牠便迅速地走出浴室。

「神田同學，你在幹什麼？」

「妳覺得我看起來像是在做什麼。」

「一邊煩惱人生一邊打掃浴室？」

「答對了！」

「依照冰箱上的值班表，這個星期應該輪到椎名同學吧？」

「啊～～說來話長……」

「椎名同學呢？」

蓋過支支吾吾的空太說話的聲音，七海俐落地接著說下去。

「大概在睡覺吧？」

「我覺得這樣不好。」

七海像軍人般轉過身，筆直地走向二樓。

「啊，等一下，青山！」

空太慌張地追了上去。

上了二樓的第一間房間是美咲的201號室，真白的202號室在中間。七海敲了敲門。

「椎名同學？」

「算了啦，青山。」

「規定就該好好遵守。」

七海說了這麼理所當然的話，空太開始覺得自己真是個非常沒用的人。

「我都說了真的沒關係啦！」

「喔～你在坦護她。」

「不是，我沒有坦護她！但是，總之，最好不要看這間房間，這是為了妳好。如果妳想要留在正常的世界，就要聽我的忠告。」

「看吧，果然是在坦護她。」

「都說了真的不是。再說，就算從外面叫她，她也不會醒的。」

「不然你都怎麼做？」

空太反射性地看了門把一眼。七海當然懂這意思，但是卻隱藏不住困惑。

「可是，門鎖……」

七海說著轉動門把，發現門並沒有上鎖，驚訝地睜大了眼睛。

「明明有男生在卻沒上鎖，真是不敢相信……」

打開門之後，眼前是更令人難以置信的景象。

突然被帶進異世界的七海，張著嘴驚訝地愣住了。

真白的房間一如往常，到處都是衣服、內衣褲、書本及漫畫，還有草稿或原稿之類的紙，每次都是這種連站的地方都沒有的狀態。

「這是怎麼回事？」

「妳跟我在四月時說了一樣的話……」

七海戰戰兢兢地走向床鋪，但那裡沒有真白的身影。於是她轉向空太表示疑惑。

「桌子底下。」

七海一臉困惑，看了看桌子底下。

「不會吧……」

「我想妳可能不知道吧？椎名是住在異世界的人類。」

「所以才會來櫻花莊嗎？」

空太用力地點了點頭。

「椎名同學，起床了。」

七海蹲下來搖了搖真白的肩膀。

真白蠕動著挺起身來。

空太已經先做好心理準備要把視線別開。不過今天沒問題，真白上下半身都穿著睡衣。

「椎名同學，早安。」

「……」

睡昏頭的真白向七海伸出手，接著突然開始東摸西摸地摸起她的身體。

「哇！做、做什麼啊？」

「空太……變柔軟了？」

「神田同學在那邊！」

接著，真白朝七海所指的方向走去，來到空太面前。這次則是將手伸向空太，跟剛才一樣，用手指確認他的存在。

「妳在幹什麼？」

「真的耶。這個才是空太。」

「給我用眼睛看！」

「好睏。不想睜開眼睛。」

照這樣子看來，真白大概是天快亮了才睡覺。

「還在弄草稿嗎？」

「出道原稿。交稿前的最後修正。」

真白只用簡單的字眼回答，便再度潛入桌下的巢穴。很快地又傳來睡著的規律呼吸聲。

從頭到尾只是茫然呆望著的七海，忍不住抱著頭。

「抱歉，可以給我一點時間搞清楚狀況嗎？」

「我身為過來人給妳忠告，企圖理解可是會身陷泥沼之中喔。」

越是正常人，受到真白特殊攻擊的精神傷害越大。就七海而言，看來忍受力比空太還低。

「說的也是。嗯，那就算了。話說回來，椎名同學趕快起床！」

果敢的挑戰者七海，再度向真白挑戰。其實放著不管就好了，但七海並不是那種跟她說了就會聽的人。

真白再度從桌子底下出來。

她身上纏了一堆衣服跟內衣褲，坐在地板上抬頭看著七海。

「椎名同學，把睡衣換下來。在男性面前這樣太沒防備了。還有，這房間亂七八糟的，一定要整理。神田同學你也不要在那邊發呆，趕快出去外面！二樓男性止步！」

七海俐落地下了許多指示，空太跟真白的反應完全跟不上。

「啊～真是的。妳看看，連內衣褲都這樣隨便亂放。這些一定要收到別人看不到的地方才可以。」

「為什麼？」

「還問為什麼，當然是因為被看到了會很不好意思吧？」

「只要不是穿著的就不會不好意思。」

真白這麼說著，撿起了一件內褲。

「就只是一塊布。」

「可、可是！」

無法跟上真白價值觀的七海發出了哀號。

「如果被男孩子看到，然、然後做很多奇怪的想像，這個就會那個，就是這樣……」

七海含糊不清地嘟噥著。

「七海會覺得不好意思嗎？」

「當然會啊！」

「為什麼？」

「還問為什麼？就說是因為……」

七海連耳朵都紅了。不知該如何回答的她突然將矛頭指向空太。

「神田同學為什麼還在這裡！」

「我覺得妳生氣得不太講理。」

「空太跟我的意見是一樣的。」

「別把我拖下水！」

這時七海以嚴厲的眼神質問空太。要是回答得不好，可能會被痛罵一頓吧。

「我贊成青山的意見，還是應該整理一下比較好。不過不只是內衣褲，全部都該整理。」

「騙子。」

真白小聲地喃喃說著。

「平常明明就很自然地把玩著我的內褲。」

「才沒有！」

七海看來就像是沒有油的機器人，僵硬地再度轉過頭來。她的眼神讓空太感覺彷彿置身冰點以下的世界。

「神田同學，這是怎麼回事？可以請你仔細說明嗎？」

七海逐漸逼近，抓住空太的後領。

「等一下、等一下，這樣不是有點奇怪嗎？現在是在講椎名的事，我……」

「你趕快回答就是了！」

「是、是的……」

因為對七海感到害怕，結果空太大概花了一個小時的時間，娓娓道出從今年四月開始所發生的所有事情。

聽完空太的說明之後，七海感到疲累，喃喃說著：

「……一時之間實在無法相信。」

接著以看到珍禽異獸般的眼神，看著在桌子底下熟睡的真白。

雖然這反應有點超過，但空太也沒有責怪七海的權利。到目前為止自己不知道有過多少次與她相同的反應，已經數也數不清了。

在學校裡真白因為身為神祕的天才年輕畫家而有名，卻沒有人知道她的本性。大家都只是覺得她高高在上，沒有任何一個同學跟她親暱地交談；而她住在櫻花莊的這個事實，也是讓他們不敢接近的原因之一。

因為同學們不知道內情，真白長得可愛又有才能，所以盡是流傳一些正面的傳言。在美術課完成作品後，每次展示畫前總會出現圍觀的人牆，並且獲得這樣的評價：

「椎名同學感覺真不錯呢？有才華又夢幻的感覺。」

「會讓人很想保護她？我能理解～」

「男孩子為什麼都這麼笨啊？」

「不過，她有才能卻又不驕傲這一點，我也覺得很不錯。」

「是啊。該說是低調，或者是有涵養？這種女孩子很少見呢。」

不知為何，不管真白做什麼都會獲得好的解釋。例如只是坐在窗邊發呆望著外面，就會被說成夢幻或是有內涵之類的。明明可能只是邊看著飄動的雲，邊想著要吃年輪蛋糕而已。

第一學期時，每次空太只要聽說他人對真白錯誤的認知，就會想像她哪一天暴露本性而陷入絕望。

從小就在英國接受繪畫英才教育的真白，極少有接觸其他事物的機會，缺乏常識到會危及日常生活的地步。

她到現在還是不記得從櫻花莊到學校的路，也沒辦法一個人去買東西；很挑食，討厭的東西一口都不沾，如果有討厭的食物就會一臉理所當然地移到別人的盤子裡；煮飯洗衣完全不會，要她自己換衣服是癡心妄想，下場是她連內褲都沒辦法自己決定，只負責穿上而已。一切照料都由別人來做，這就是真白的常識。

念書一樣不會，第一學期的期末考還創下所有學科都拿0分的壯舉。

空太向七海全盤托出過去所有發生的事。

「椎名與美咲學姊是櫻花莊的怪人雙姝。」

真白除了身為畫家非常成功之外，也朝著當上漫畫家這個目標努力，漂亮地贏得了出道機會。這就是她回日本的原因。

七海一臉困惑，撿起散落在地上的原稿。

「畫得真是棒。」

「話先說在前頭，我說的可都是事實喔。」

七海將目光從原稿上移開。

「看到這種慘狀，確實很有說服力。」

「對吧？」

「多虧如此，總算解開了一個謎。」

「謎？」

「冰箱上的值班表。」

「喔喔，那個啊……」

上頭明顯有個奇怪的項目。

「『負責照顧真白的工作』原來是指照顧椎名同學這回事。」

「幾乎已經算是看護工作了。因為椎名是廢材當中的佼佼者。」

「我大概了解原委了。」

空太鬆了口氣。這麼一來就不必動用到B計畫跟C計畫。雖然C計畫一開始就沒被列入考慮就是了。

「但是我無法接受。」

「啥？」

「我說得沒錯吧？神田同學大大方方地走到男性止步的二樓並不妥當，況且也應該讓椎名同學漸漸學會自己處理自己的事啊。在那之前，不管誰來幫忙，洗衣服還有打掃自己的房間是不能交給男孩子來做的。」

「話是這麼說沒錯，但是沒有人手啊。住在這裡的女性就只有那個怕麻煩的老師跟外星人而已啊？」

「你忘了還有一個人。」

「喂，該不會……」

「『負責照顧真白的工作』從今天起換我來做。」

「我不能害妳！千萬不要！妳還有打工跟訓練班要忙吧？這樣還想照顧椎名，妳是不是瘋了？椎名可是比妳所想的還要沒用三百倍以上喔！」

七海手指著桌子底下的真白。

「我會訂好計畫來做，所以不會有問題的。」

「太亂來了啦！」

「應該由身為同性的我來做。」

「妳冷靜點！」

「神田同學才應該冷靜點吧？還是怎樣？莫非神田同學有非照顧椎名同學不可的理由？」

「不、不……那倒是沒有……」

其實有。雖然有，卻無法用言語來表達。空太心中感到煩躁，他自己也無法捉摸這種情緒。即使如此，他還是漠然地察覺到了不想把值班讓出去的心情。

「沒有理由的話就這麼決定了。」

「這真的會是個負擔喔？」

「不要讓我講那麼多遍，我沒問題的。」

七海沒有一絲猶豫，看她的表情就知道她絕對不會改變想法。

但空太還是做了最後的抵抗。

「就算是這樣，現在也沒辦法馬上改。值班的分配，需要在櫻花莊會議上決議。規定是這樣的。」

「這樣啊，既然是規定就沒辦法了。」

「嗯，沒辦法。」

空太才剛安下心來，七海立刻泰然地宣言：

「既然如此，今晚就召開櫻花莊會議。訓練班上課之後，打工結束是十點。雖然是有點晚，不過就從十一點開始吧。」

「……是，我知道了。」

空太只能這麼說了。

「神田同學知道了就趕快離開吧。這裡可是女孩子的房間。」

空太完全無法回話，便走出了房間，七海也跟著走出來。緊接著是到訓練班上課的時間，所以七海趕緊開始準備，之後便立刻往外頭奔去。

目送七海離開的空太背後傳來說話的聲音。

「你真是笨到不行的笨蛋。」

說話的人是千尋。

她一臉不耐煩地靠在牆上，還一副很跩的樣子，兩手交叉在胸前。

「可以請妳稍微說明一下嗎？」

「什麼負擔、太亂來了之類的，如果用你那種說法，像青山那種難搞的女人當然會生氣地否定啊？你多少也學一下怎麼對待女孩子吧。」

雖然千尋的用字遣詞不太適當，但或許確實如她所說。

「妳一直在聽我們說話嗎？」

「只是不小心聽到。」

還不知道櫻花莊會議會有怎樣的結果，但空太無意識的嘆氣早已證明了，這想法完全派不上用場。

這天晚上，在七海所召開的櫻花莊會議上要決議變更擔任「負責照顧真白的工作」的人相關事宜。仁只是因為覺得很有趣，便率先投了七海一票，而美咲也同意。接著，想要早點結束會議的千尋與龍之介也倒向七海那邊，空太的「負責照顧真白的工作」非常乾脆就被七海給奪走了。另外，其他值班的分配，也將七海加進去後重新規劃。

七月二十四日。

櫻花莊會議紀錄上這麼記載。

——「負責照顧真白的工作」的擔任者變更。經多數表決由神田空太轉由青山七海擔任。會議紀錄這樣寫妥當嗎？書記．青山七海

——加油啦，小七海！我會支持妳的！追加．上井草美咲

3

隔天一早的「負責照顧真白的工作」新體制，由七海的怒吼揭開序幕。

規律的生活可以養成正常的人格——這麼發下豪語的七海，依據這個信念，七點整就把真白叫醒，並且立刻開始教她洗衣服。

但是，這麼簡單就能學會的話就不像真白了。七海說明了好幾次順序，並且實際操作，但真白完全不打算學起來。問她了不了解，她就會表示了解，但讓她實際做一遍卻只是隨便按個鈕，不管是不是有花色的衣服或者內衣褲全丟下去一起洗。

「妳為什麼學不會洗衣機的操作方式啊？」

「太難了。」

「既然會使用電腦，就不可能記不住。」

「因為那是畫漫畫必須的。麗塔教我的。」

過來看看狀況的空太，向七海說明了麗塔是真白在英國時的室友。

「洗衣機的使用方法也記起來。」

「……」

完全不感興趣的真白看著不知名的遠方。

「拜託妳有點反應。」

結果，這天七海一個人洗了自己跟真白的衣服。

結束之後，兩人又開始清洗浴室。空太正想著希望不要發生什麼事才好，一邊在飯廳裡吃早餐時，浴室那頭便傳來了七海的慘叫聲。

空太衝到現場時，只見噴著水的水管失控暴動，七海全身都濕答答的。令人傷腦筋的是，把水龍頭開到最大的犯人，已經到浴室外頭避難，只有七海不像樣地走出來。

「水龍頭打開就該關上！」

「七海會感冒的。」

「還不是椎名同學幹的好事……」

「……」

「不要說到一半就失去興趣……」

七海的聲音讓人害怕。在七海忍受不了而爆發之前，空太將毛巾披在七海肩上。上衣因為溼透而緊貼在肌膚上，身體的曲線一覽無遺，讓人不知眼睛該往哪裡擺。

七海抱著身體，以害羞又憤怒的眼神瞪著空太質疑「你都看到了吧？」空太便若無其事地飄移視線。

像這樣剛開始感到不安而前來探視狀況的空太，在持續看著七海與真白你來我往兩三天後，發現當初自己在剛開始的幾個月裡，大概也是這個樣子，於是覺得交給七海應該也沒問題。

看到真白與同年級的同學交談也讓人覺得很新奇；看她被七海斥責，一起打掃或洗衣服的樣子，也還挺有趣的。

「學弟，你一個人在那邊笑嘻嘻的，好噁心～」

「就像在庭院走廊上看著孫子玩耍的老爺爺一樣喔。要這麼老成現在還太早吧。」

空太有時還會被當場遇到的美咲和仁這麼挖苦……

其他還有像是讓真白獨自去買東西就會迷路，或者是真白大剌剌地把七海的內衣褲曬在院子裡。每天總會傳來七海的咆哮聲，但過了一個星期之後，空太雖然有些落寞，但又覺得這樣也不錯，倒也完全接受了新體制。

只是，雖然空太不再過問，真白還是會以每天兩、三次的頻率跑來求救。

兩天前，真白雙手抱滿乾淨的衣服跑到空太房間說了：

「空太，折衣服。」

而七海立刻追著跑進來。

「椎名同學，自己的事要自己做！」

「空太說他想做。」

「我才沒說！」

「神田同學，不要寵壞椎名同學了。」

「為什麼是對我發脾氣啊？」

空太幫忙撿起從真白手中掉落的衣物，不巧那正好是件內褲。

七海以驚人的氣勢衝過來，搶走空太手上的內褲。看來七海的衣物似乎也混雜在其中。

臉頰微微泛紅的七海，對空太破口大罵笨蛋、白癡、變態等所有想得到的字眼，慌張地逃出房間，然後又立刻折返回來，抓著真白的領子把她帶走。

昨晚過了十點，空太正在寫企劃書的重點時，剛洗完澡的真白跑來找他。

「空太，幫我吹頭髮。」

但是正好被打工回來的七海發現。

「不要拜託男孩子這種事！神田同學也不要一副色瞇瞇的樣子！」

「我才沒有！」

「不然，七海幫我。」

七海不自覺地接下外型長得像太空梭的吹風機。

「好吧……」

一臉疲憊的七海，跟真白往廁所走去。

今天上午，真白帶著筆記過來找空太。

「空太，幫我寫作業。」

「自己寫！」

「我不會。」

這時七海聽到騷動走了過來。

立刻就了解怎麼回事的七海，死了心般深深嘆了口氣。

「我知道了。以後每天空出時間，我來教妳。」
「妳最好再考慮一下喔，青山。椎名可是天才級數的笨蛋。」
「其實也沒到那種程度。」
「妳給我閉嘴！」
「椎名同學，那我們今天就開始讀書會吧。神田同學也要一起來嗎？」
「嗯，那就一起去囉。」
「咦！」
「幹嘛都開口約了又這麼驚訝……」
「我本來只是開玩笑的。」
說得也是。如果是以前的空太就會很積極地回絕。
現在有了想提高在校成績的動力，況且身為一個曾幫忙真白補考的過來人，全部都推給七海總覺得心裡過意不去。
「空太，加油。」
「最應該加油的是椎名同學啦！」
就像這樣，雖然真白會過來求助，但七海發揮高度的潛力，把她照顧得非常好，所以空太表現的機會日漸減少。

如此一來，除了每天早上的讀書會以外，空太跟真白接觸的機會越來越少，相對地也變自由了。

因此空太的時間變得非常充裕，這個夏天的目標，也就是學習程式以及完成企劃書，都順利地進行中。

程式部分就照龍之介所說的，做教科書上的練習題，已經成功地寫出了與計算機有同樣功能的程式。實際在電腦上寫入原碼，編譯後試著執行，總覺得好像多少了解程式是什麼東西了。

——一開始的東西連猴子都會。真正的障礙是滑鼠指標。

雖然龍之介講了些莫名其妙的話，但是自己完成計算機的程式還是很有成就感，所以空太不太在意障礙這件事。

從暑假開始就隨意做筆記，寫了一些點子，從裡面選出最好的，整理成企劃書書面文件。

「來做遊戲吧」的報名說明內容裡寫著版式不拘，所以空太決定什麼也不看，先開始作業再說。

八月的第一天，空太也進行著企劃書的製作。把臉伸出窗外，陽光便立刻照射進來。現在已經是早上了。

空太對著刺眼的朝陽皺了眉頭，打算進行最後的確認工作，把完成的企劃書從頭到尾讀過一遍。

自認想寫的內容都寫上去了，內容也還滿有分量。空太在完成的同時，以萬歲的手勢高舉雙手伸伸懶腰。大概是因為一直維持同一個姿勢，肩頸附近喀啦作響。

接著他往後躺在床上維持出神狀態好一會。

雖然好像閉上眼睛就能睡著，但也許是情緒太高昂，意識倒是越來越清醒。已經耗盡能量的腦袋，感覺變得空蕩蕩。

本來還打算作業結束先睡個覺，看來是不可能了。

空太再次坐到電腦前看了看聊天室。他想找的人正登錄中。

——赤坂，你醒著嗎？

——預定兩個半小時之後就要睡了。

——有空的話，能不能幫我看看企劃書再告訴我感想？

——了解。

空太操作滑鼠與鍵盤，將信件寄給龍之介。

——收到了。稍等一下。

——嗯。

空太利用這段時間，再度看過企劃書。

這是利用日本全國電車實際路線圖所做的益智遊戲。要在指定的時間，以不超過規定金額的花費轉搭電車，抵達目的地。每兩、三秒經過一個車站，必須很流暢地操作。利用益智遊戲的方式變更路線，以及能夠最有效率地轉乘電車這種令人著迷的暢快感，正是這個遊戲的賣點。

空太對於企劃書的寫法沒什麼自信，畢竟這是第一次製作。但他對於點子的趣味程度倒是有自信。

——看完了。

——這樣可以嗎？

——有關創意的部分，因為個人感興趣與否影響很大，所以我只能簡單地說「值得玩味」。至於書寫方式，老實說根本不值得討論。如果參加「來做遊戲吧」，大概到書面審查階段就被淘汰了。這種機率是百分之百。

——你這傢伙真是連難以啟齒的事都能直接了當地說出來啊。

——想尋求貼心的安慰就不要來找我商量。

被人如此當面否定企劃書，空太心都涼了一半。但是如果現在說算了又很難看，想要避免這種痛苦就無法往前進，這是空太從真白的漫畫創作中學到的。既然都已經知道正確解答，當然不會選擇錯誤的選項。

——哪裡不好？

空太冒著汗敲著鍵盤。

——應該要立出「概念」、「對象」、「好處」三個項目，選用簡潔明瞭的字眼說明企劃內容。了解嗎？

前面兩者在翻閱電玩雜誌時常常看到，就語感上來說大致了解。第三個倒是第一次看到。

——懇請詳細說明，感激不盡，老師。

——首先請容我由「概念」開始說明。

突然間變成了女傭的語調。看來是開始利用自動回信程式ＡＩ進行聊天。

——麻煩您了。

——所謂的「概念」並不是插座（註：「概念」與「插座」日文外來語發音接近）的親戚。（非常肯定！）

——這我好歹也知道。

——只是開個玩笑。那麼，讓我們重新振作精神。在這種情況下，請把「概念」解讀為「什麼是有趣的遊戲」。舉例來說，滿臉鬍子的三國志武將橫掃無數敵人的遊戲，以概念而言就可能用「一夫當關，萬夫莫敵」這句話來表現。也就是說，這是個以一個人打倒上千敵人的爽快感為樂趣的遊戲，而絕非大鬍子是概念。再舉一種想法為例，就玩家操作的互動性而言，以動詞來表達概念也是很有效的。過去也有過以「隱藏」或「狩獵」為概念而創下暢銷紀錄的商品。

——原來如此，獲益良多。

——接著是「對象」，也就是簡單地表現商品針對的對象年齡層或性別。有時光用「國、高中男生」就行了。但是，為了更鎖定販售對象，使用「某某世代」、「輕小說讀者群」、「動畫迷群」等較具體的表現方式會比較明確，請依狀況分別使用。

——也就是說，要思考遊戲是要賣給誰的。

——是的。最後是「好處」，最近的企劃會議著眼於這一點而進行商品開發的情況越來越多。雖然直接解釋是「便利性」的意思，在這裡是指玩家玩遊戲所能獲得的好處。像是以會得到「感動」、獲得「知識」、滿足「想養動物」的願望、實現「想要飼養女朋友」的欲望，甚至是「改善新陳代謝」等各種形式，滿足或刺激哪些使用者自覺或潛在的欲望，「好處」就是表現這些東西的內容。如果知道了大部分的玩家想要的商品，接著只剩下製作及販賣了。換句話說，就是掌握消費者的需求。您是否了解了呢？如果還無法理解，那就表示空太大人是比垃圾人渣還不如的人類了。如果您說不了解，就要在丟可燃垃圾的日子把您丟掉喔！以上是非常簡單易懂的女僕講座。

——理解了嗎？

——託您的福，真的是非常容易了解。

——掌握「概念」、「對象」、「好處」，就等於懂得要將何種娛樂賣給哪個族群，以及給予他們什麼樣的滿足感。也就是說，如果你自己不夠深入了解企劃內容，就無法法選定正確的辭彙。反過來說，掌握了這三個項目，就能夠客觀地分析自己的企劃，而且完全融會貫通。聽說最近參加「來做遊戲吧」的企劃書水準越來越高，所以了解這種想法只是開始的第一步。而且通過書面審查要進入簡報階段時，這些還是必要的。

真不愧是實際參與電玩相關工作的人，龍之介所說的話非常有份量又具說服力。

——我可能看得太簡單了。

——你是看得太簡單了。如果只是當作一個甄試的經驗還無所謂，可是要認真挑戰的話就要趁早丟掉高中生的思維。審查企劃書的人，可是運用資金動輒上億的大人。畢竟這就是商業行為，不是小孩子業餘的喜好。

——你到底要在我的傷口上撒多少鹽啊？

——還有一點。

——又有哪裡不好嗎！

——不光是文字，應該要加上想像圖。以語言說明遊戲企劃內容有時是很難懂的。「只要看到實際運作就會了解」，這種藉口沒有用。與其用說的，不如帶完成品過來就好了。如果沒辦法，建議至少用圖來補足想像。

——你知道我的美術成績嗎？

那正是空太最不拿手的科目。

——不需要自己畫。你很幸運，櫻花莊裡繪畫的專家就有兩個。

——啊，原來還有這個方法。

如果是以真白跟美咲的實力，絕對綽綽有餘。不過若要請她們幫忙，用一般的方式恐怕沒那麼容易……

——最後還有一點。

——你到底打算給我多少打擊才甘心啊？喂！你是超級虐待狂嗎？

——企劃書裡不需要說明詳細的設計等級設定及系統，重點在於表現企劃最重要的賣點。這個也寫那個也寫的企劃書，等於暴露出創作者對最重要的點子沒有自信，是會被看穿的。當然，寫附加要素就更加愚蠢了。

空太的企劃書除了設定與系統外，連附加要素都寫進去了。

雖然空太的心已經涼到發冷，卻直冒著汗滴到鍵盤上。

——以後我會注意的。

——建議你從現階段開始就把立企劃案以及製作企劃書日常生活化，將來一定會成為你的財產。以業界的實際狀況來說，企劃職務的工作有九成都是打雜。素材清冊的製作、素材訂貨、確認及管理素材、與製圖者交涉、製作工程師用的說明書、擔任研討會議紀錄、設計圖的削減、外部訂貨管理、測試、排除故障、排除故障管理、行銷素材的選擇及內容確認、攻略本的檢視……還有其他多到不勝枚舉的工作，大概都是一些跟你所想像的開發者相差了十萬八千里的工作內容吧。不過，安於現狀的企劃者還滿多的。老實說，我常覺得那根本就稱不上是企劃工作。

——聽起來確實好單調啊。

——真正稱得上企劃的人才大概只有一成左右吧。不會畫畫、不會製成聲音、不會寫劇本，也不會程式設計，所以才擔任企劃——大部分都是這種人。既然稱之為企劃，就應該要有企劃的專業。如果只是想出遊戲點子或製作企劃書，連身為程式設計師的我都會。實際上如果去查現任製作人的經歷，大概會嚇一跳吧！因為擔任過製圖或程式設計師的人非常多。有幾個大的遊戲公司並不採用新鮮人擔任企劃職務，因為不需要沒有製作能力的打雜員工。我支持這樣的態度，所以我希望你以成為真正有企劃能力的企劃者為目標。

——喔、喔。我會加油的。

——希望你能努力奮戰。抱歉，因為用來控制動作的中介軟體、開發代碼「小哞」的追加設計工作來了。我想把工作做完。先下線了。

——抱歉，謝謝你給了這麼多建議。

——別客氣，這對我來說很有意義。

龍之介輸入最後一句話就登出了。

「話說回來，赤坂真是太厲害了……」

所謂的工作說不定就是這麼回事。用字遣詞、思維想法，甚至是心態完全屬於不同次元。除了對於命名的喜好實在是……

空太依據剛剛龍之介所說的，又看了看原本是自信之作的企劃書。關於龍之介……應該說女僕所說明的項目，自己不是沒寫，就是寫得含糊籠統，再不然就是想法太膚淺或沒有先做好調查功課。

越看越覺得悲慘。空太想在還記得龍之介的建議之前做好大方向的修正，開始用紅筆在列印出來的企劃書上畫了起來。

這樣下去會因為不甘心而睡不著覺。

唯一的救贖，就是龍之介並不認為遊戲的點子本身不好。值得玩味——應該是稱讚的意思。

不管怎麼說，空太對於創意有自信。只能相信自己了。

大致決定好修正方向之後，空太躺在床上打算先睡覺。

現在房裡一隻貓也沒有，大概在別人的房間裡吧。

空太想著今天的讀書會不知道該怎麼辦，閉上眼睛，睡魔立刻撲了上來，意識很快就進入了夢鄉。

不知大概睡了多久。

空太因為一陣走進房間的腳步聲，有一半的意識從夢境被慢慢地拉回現實。為了能讓貓咪進出，空太房門是開著的。

是小光、希望，還是木靈？只靠聲音實在分辨不出來。

不管是哪隻貓都無所謂。如果已經是讀書會的時間，而七海跑來叫醒自己，不起床可能就慘了。不過，七海大概只會從房間外面出聲叫喊吧。空太這麼想著，決定再度回到夢鄉。這時，腳步聲爬到了床上。天氣這麼炎熱，貓咪居然還黏過來磨蹭。

空太伸手想把貓撥開。

摸了說不定就能從毛的不同知道是哪隻貓。

但是空太的手觸摸到的，卻是與想像中的觸感相似卻又不太一樣的東西。

比貓更柔軟且大上許多，稍微推了一下卻一動也不動。手心感覺不到應該有的毛的觸感，觸摸起來是柔滑的感覺。與其說是貓毛，更應該說是類似那種質料的衣服。

空太覺得不太對勁，張開了眼睛。

眼前是真白的睡臉。

伸出去的手正搓揉著真白的胸部。空太像蝦子般彈跳，整個身體往後退。

他忍不住目不轉睛地盯著放開的手。正如仁曾經說過的，這確實是比從纖細的身材想像到得更有存在感。空太像是知道了不應該知道的秘密似的，喉嚨因為罪惡感和緊張變得異常乾渴。

空太受不了真白躺在自己身邊睡覺，慌張地起身。

「喂，椎名。」

「……什麼？」

真白半睜開眼看著空太。

「還問什麼，妳在幹什麼！」

「睡覺。」

「回自己的房間睡。」

「……早上七海就會過來。」

「因為這樣就跑到我房間睡也不妙吧。」

依據七海的方針，即使在休假期間也是每天七點把真白叫醒。真白今天大概是想悠哉地睡覺才逃過來的吧。

雖然很喜歡這種被依賴的感覺，但是她這樣光明正大地爬到自己的床上，彷彿證明了自己沒有身為男人的價值一樣，空太的內心五味雜陳。

「因為畫草稿……」

真白說著再度閉上眼睛。

「妳如果睡著了，我會死人的！」

「……空太。」

「幹、幹嘛啊？」

「只有我們兩個人的時候叫我真白。」

「我、我知道……」

「嗯……那就好。」

真白一臉滿足，正要進入夢鄉。

「哇～等一下，不准睡！呃～啊～對了！接下來的目標是漫畫連載吧？這樣一來好像真的漫畫家呢。」

「我會成為漫畫家……」

雖然如此強硬地發言，但真白已經幾乎快睡著了。

看她這麼累的樣子，雖然很想讓她睡，但若真的這麼做了，下場就會很可怕。應該會被七海唸到體無完膚。

「有在畫草稿了嗎？」

真白搖搖頭。

「不太順利嗎？」

「嗯。」

空太腦海浮現真白一整晚都在書桌前進行草稿作業的樣子。做得出好東西時當然沒問題，但在她煩惱的時候只會覺得那看來實在太勉強。一想到她每天都努力做到睡著，就覺得難以自容。一旦決定要做就義無反顧地貫徹到底，這正是真白的作風。

「空太，有事要拜託你。」

「嗯？什麼？」

抬起頭來的真白眼裡閃過一絲不安。

「如果雜誌出版了，陪我一起去書店。」

「是刊登椎名……不對，真白作品的雜誌吧？什麼時候？」

「二十日。」

「這樣啊。我知道了。」

「就算不是負責照顧我的工作也可以陪我去嗎？」

「我答應妳。」

空太覺得不好意思地把臉別開。這時，真白伸出了小指。

「說定了。」

空太沉默地把手指勾上去。

「睡覺吧。」

「空太。」

「什麼事？」

「……能跟你說這些真是太好了。」

幾乎在兩人手指分開的同時，真白就睡著了。她的睡臉看起來很幸福。

「真是的，那是什麼意思啊？」

空太避免發出聲音，小心翼翼地從床上下來，獨自看了真白的睡臉一會。

卸下負責照顧真白的工作才過了一個星期左右，空太卻覺得眼前真白睡著的模樣真是令人懷念。

雖然想再這麼享受一陣子，卻也不能悠哉太久。時間已經超過七點，差不多是七海叫醒真白的時間了。如果她發現真白不在房裡，大概會先跑來這裡吧。

空太走出了自己的房間，打算先過去埋伏。

他從玄關旁的樓梯往上探了探狀況。七海非但沒有下樓來，連一點聲音也沒有。

正感到不可思議時，空太察覺飯廳裡有人。

他保持警戒往飯廳探出頭。

早有個人趴在圓桌上一動也不動。

空太繞過去確認，才驚覺原來是七海，還穿著跟昨天出門時一樣的衣服。記得她昨天應該是先去訓練班上課再去打工。話說回來，空太倒是不知道她是幾點回來的。

她的手臂下方有一疊紙。直書寫著像是台詞的東西，有許多用紅筆確認過的痕跡。看來應該是什麼劇本吧。

雖說現在是夏天，但這樣下去還是會感冒。空太於是先折回房間拿了毯子，想披在七海的肩上。

就在這時，七海突然睜開眼睛。理所當然與看來正要撲上七海的空太眼睛對個正著，兩人只差幾公分嘴巴就要碰上。

七海眨了眨眼睛，凝視著空太。半夢半醒的雙眸逐漸恢復意識，同時因為害怕而開始變得溼潤。

「神、神田同學……」

她的聲調已經變成了關西腔。

「不、青山，不是那樣的！」

「原來你覬覦人家的身體！」

七海猛然朝他鼻子揍上一拳。空太因為這個衝擊，起身腳步踉蹌地往後退了三步。難以忍受鼻子獨特的疼痛感，使得眼淚不斷掉落，甚至連鼻血都流個不停，在地板上滴下血雨。空太摸著鼻子的手已經被染紅。

這時，七海已經移動到飯廳的角落窩了起來，就像害怕肉食猛獸的小兔子一樣。

「人家一直以來都很信任神田同學，還真是大笨蛋。」

「能不能聽我解釋，青山小姐？」

和著眼淚和鼻血的悲慘狀態，讓空太覺得自己真是可憐到一個不行。

「這件事人家一定會跟老師說！你就等著吃牢飯唄！」

七海抱著自己的身體，用逞強的眼神恐嚇空太。

「冷靜點！看清楚狀況吧！」

「這種事人家當然很清楚！偷偷潛入人家的房間還敢說……啊，咦？」

七海突然發現了什麼，緩緩地站起身來。

「不是我的房間……」

再次確認周圍。這裡是飯廳；肩上披著毯子；還有空太。七海看看天花板，似乎正在回想為什麼會這樣。

「想起來了嗎？了解了嗎？」

「該不會……」

「沒錯，就是那樣。」

「你看到我剛睡醒的樣子了嗎？」

「為什麼會是問這種問題！」

七海慌張地遮掩自己的臉衝出飯廳。大概是到廁所去吧，走廊的盡頭傳來水龍頭的聲音。

空太嘆著氣，往鼻孔裡塞進面紙。血還是繼續滴在地板上，應該是兩邊鼻孔都流血了吧。真是十六年來的人生初體驗。

空太處理完鼻血之後，七海洗完臉、整理好頭髮跟衣服走了回來。大概是因為發覺自己有錯，她看著兩邊鼻孔都塞著面紙的的空太也沒笑出來，迅速地別開視線想瞞混過去。不過，她的肩膀卻不住顫抖。

「對不起。」

「不，無所謂啦。而且妳還是對著牆壁道歉。」

「因為看了就會想笑啊。」

「還不是妳害的！」

「所以，對不起。」

「無所謂啦。倒是，呃～～……嗯。」

本想問她還好吧，但空太又把話給吞了回去。之前千尋說過，如果這麼問七海，就算不太好她也會說沒問題。

但是一旦不能說這一類的話，突然就不知道該說什麼好。

空太的視線不自然地四處游移，結果在桌上找到了話題。

「喔，這個嗎？二十一日訓練班有期中發表會。這是那天的表演。」

「是動畫嗎？」

「不是，是普通的劇……演戲。」

「喔～」

「莎士比亞你至少應該知道吧？」

雖然只知道羅密歐與茱麗葉，但空太還是很有自信地點了點頭。

「原來你們也演戲啊。」

「與其說『也』，基本上就是在學習演戲啊。」

「咦？不是練習後製配音嗎？」

「對著麥克風的演技練習，之前只有在特別講習時上過一次吧？我們的訓練班非常重視演技基礎，像培養演員一樣的方針。另外也有唱歌跟舞蹈的課程喔。」

「喔～訓練班原來是這麼一回事啊。」

「當然也有一些訓練班是重視實戰的。」

「所以青山妳在這裡本來是在做練習？」

七海再度將視線轉向劇本。

「那是昨天發的。本來想要先看過然後把台詞記下來的……」

「中途就睡著了啊？」

「看來是這樣。」

七海縮起身子，一副在反省的模樣。

「那個發表會很重要嗎？」

「不曉得是不是很受到矚目。因為決定能不能進事務所的甄試在二月，而且評選的人也不一樣……不過經紀人會過來看發表會，所以應該也不是完全沒關係。」

這麼一來，就說不出要她不要太勉強的話了。而且就算說了她也不可能會聽。

兩人沒有話題可聊，於是空太打開冰箱拿出牛奶。發現裡面幾乎已經空了。

「啊，昨天上井草學姊要我去買……抱歉。」

看看貼在冰箱上的值班表，本週負責採買的確實是七海。

「沒關係啦，等一下我出門順便買回來就好了。妳就回房間去多睡一會吧。」

七海今天應該也要到訓練班上課，之後還要打工。為了付清積欠的一般宿舍住宿費，進入暑假以來，除了冰淇淋店外，她還兼了家庭餐廳以及甜甜圈店的打工。別說是一天了，是連一小時都不浪費的輪班。

「不用了，沒關係。負責的人是我，我馬上就去。」

七海從櫃子裡拿出放有伙食費的櫻花莊共用錢包後，便準備出門到便利商店去。

實在不能放著不管，空太趁七海從身旁走過時抓住她的手臂阻止她。

「還要買什麼其他東西嗎？」

「妳去睡覺吧。我等一下再去買就好了。」

空太又說了一次同樣的話。

「我馬上就回來了。走出大馬路，便利商店就在旁邊吧？」

「都叫妳老實地接受別人的好意了，有必要為這種事這麼固執嗎？」

這時七海甩開了空太的手。

「什麼跟什麼啊？你這是一廂情願吧。」

空太與煩躁的七海正面衝突。從她冰冷的眼神中可以感受到赤裸裸的敵意，周圍的空氣也在一瞬間變得緊張。

相對於釋放出冷漠的七海，空太的情緒則瞬間加熱，沸騰到眼前所見的景象都變得通紅。

「妳那是什麼說法！」

壓抑不住逐漸變大的聲音。面對這樣的壓力，七海也毫不屈服，持續釋放冰冷的壓迫感，完全不打算退讓。

「我沒有問題，沒有理由要神田同學幫忙。全部我都能自己來，不勞你操心。」

「在這種地方累到睡著的傢伙還敢說這種話。」

「託你的福，我睡得很好。」

雙方都知道這不過是你一言我一語的爭辯而已。但是一旦開始了，也只能為了保護自己而不斷用言語攻擊對方，完全不知該如何好言相勸或讓步。

「啊～這樣嗎？那就隨妳便！」

其實這些話並不是真心的，空太一說出口就開始感到後悔，但是已經飆高的煩躁卻沒那麼容易冷卻下來。

「我會的。」

七海快速轉身，打算走出飯廳。

很不巧地撞上剛回來的仁。

「我很高興青山同學有這番心意，不過我剛才在留美那邊大戰了三回合，今天已經累了。能不能下次再來？」

七海用力把仁推開。

「三鷹學長太名正言順地不把門禁跟外宿許可當一回事了！請好好遵守規定！」

「話是這麼說沒錯，但我是沒感受到別人的體溫就睡不著的體質啊。如果青山同學要跟我一起睡，我就每天回來囉？」

七海以銳利的眼神刺穿仁，冷淡地打聲招呼就走出玄關了。

「真是的，她生氣了呢。真是可怕。」

仁看著空太，開玩笑地說了。

「真是抱歉，連累到你。」

「沒關係啦，這不算什麼。你這種會正面跟對方起衝突的個性，我是學不來，不過倒也不討厭。」

「……你都看到了嗎！」

仁故意嘴角上揚地笑了。

「換作是我的話，要對固執的對方說『有必要為這種事這麼固執嗎？』這種話實在是說不出口呢～」

關於這一點，空太也正在反省。只是除了這句話還能說些什麼呢？不過是幫忙採買工作又沒什麼大不了的。不用想得那麼複雜，至今仁跟美咲也都是這樣臨機應變調整的。但這對七海並不適用。

「無所謂啦，不過你們可要合好喔？」

話雖如此，空太並不覺得自己做錯了什麼，完全不想老實地去跟七海道歉。

仁也回房間裡去，飯廳裡只剩下空太。

他稍微思考了一下，突然想起睡魔還壓在自己的眼皮上。因為熬夜做了企劃書，現在就想馬上入睡，但是房間的床被真白佔據了。

「話說，我到底該睡哪？」

4

進入八月第二週，櫻花莊裡比以前還要安靜。這並不是空太多心，而是因為兩個原因。

一是因為每天都是嘉年華的美咲正式進入了新動畫的製作，所以都關在房裡。仁完成了劇本，與之前美咲所說的預定沒有太大不同，長度大約是四十分鐘，是到目前為止的作品中最長的一部。

「就算是美咲，照這個長度看來也得做到畢業吧。以後我就不做這事了。」

在完成劇本之後，仁自嘲地說了這番讓人有些在意的話。但是，仁沒給空太發問的機會，這天也是早早就出門找大姊姊去了。

打著慶功的名義，看來是打算好好玩樂的樣子。

另外一個原因則是，七海逐漸習慣照顧真白，所以發出驚叫、咆哮、尖叫的次數明顯地減少了。

自從與空太發生小口角之後，七海的作風變得更徹底。雖然不明顯，但真白已經能夠自己洗衣服跟打掃。不過讓她獨自做這些事依然會引發大慘況……但以還要進行草稿作業而言，真白表現得似乎很好。

七海在其他的值班工作上也沒出任何差錯，完美地做好每件事，證明她根本不需要別人的幫忙。對空太的態度也跟以往一樣，彷彿那天的事根本沒發生過。在每天早上的讀書會上也是泰然自若的態度，甚至不允許出現那天爭執的話題。

兩人的視線偶爾對上時……

「神田同學，有哪裡不清楚嗎？」

「不，並不是那樣。」

「如果你不想念書，可以不用來參加。而且你那一題也做錯了。」

「咦？不會吧？啊，真的耶。」

「振作一點吧。」

就像這樣，結果反而是空太令人擔心。

像這樣徹底的行徑，擺明了就是宣戰，當然空太也注意到了。

但是面對像七海這樣無懈可擊的對手，空太陣營毫無應戰方法，無可奈何地中了七海的計，始終不知該如何是好。

一星期過了一半，今天已經是十日，空太終於受不了這種詭異的氣氛，決定找晚上回到櫻花莊的仁商量。

空太敲了敲仁的房門。

「門沒鎖。」

空太稍微打開門，把頭探進去確認了一下：

「現在方便嗎？」

坐在書桌前的仁依然盯著電腦螢幕。

「你用那煩人的表情問我，我也很難拒絕吧。」

空太走進房間坐在床上，如果仁轉動椅子面向空太，兩人正好隔了一段適當的距離。

他等著仁停下手邊的作業。

看來仁應該正在調整美咲的動畫劇本吧？他的側臉散發出不常見的認真。仁原本就有張成熟的臉，現在看起來更像個大人了。

過了大約五分鐘，仁仰起臉大大地吐了口氣。

然後轉向空太，把眼鏡拿下來並且用力地閉了眼睛。

「瞧你一臉正經的樣子，怎麼啦？因為異性緣遲遲沒變好而煩惱嗎？」

「不是啦。」

「那可是都市傳說（註：日本有一傳說，每個人一生中會有三段大受歡迎的時期）喔。」

「都說不是了……咦？真的嗎！我還真的相信了……」

「不過我覺得你的情況，問題只在於有沒有發現而已。」

空太不懂仁的意思，用眼神示意仁說明一下，但仁只是把眼鏡戴了回去。

「那麼，空太有什麼事？」

「是關於青山的事。」

「她向你告白了？」

「不是！你覺得玩弄我很有趣嗎？」

「嗯。」

仁一臉天真無邪地說著。為什麼這個人偶爾會露出這種小孩般的表情呢？真是不可思議。

「空太在擔心青山同學嗎？」

「嗯……與其說是擔心，其實是很火大……不過也對自己感到很生氣。」

空太找不到確切的形容詞，只是覺得再這樣下去會變得很糟糕。

「你覺得真白怎麼樣？」

「為什麼會突然提到椎名？」

「我反倒不懂為什麼你會問這個問題。」

空太面對這困難的問題，露出了苦瓜臉。

「你要怎麼處理青山同學的事？」

「我也不知道……我覺得就算她很能幹，大部分的事情都能做得比一般人好，也沒必要全都攬下來。既然大家一起住在櫻花莊，互相幫助又有什麼關係呢……大概就是這樣的感覺。」

空太謹慎地用字，終於把自己心裡的話說出口。儘管如此，他還是覺得並沒有確切地表達出自己想說的話，雖然應該也不會差太遠。

「你所說的跟我的印象差很多呢。」

「你是指對青山的印象嗎？哪裡不一樣？」

「算了，剛才的就當我沒說。情況好不容易正如青山同學所希望的，你就繼續被騙吧。」

話是這麼說沒錯，但是在意的事還是會在意。

「話說回來，你該不會又想當正義的一方了吧？」

「……並沒有。這次的事不太一樣。」

「如果真是這樣就好了。你自己的事也要好好進行喔。」

「我已經在進行了，下次請仁學長也幫我看看企劃書。」

空太跑來找仁商量之前，才剛做完企劃書的修正，只要再加上畫面示意圖就完成了。關於這一點，空太想拜託精通遊戲的美咲而不是真白，但美咲正一頭栽進動畫製作裡，還找不到向她開口的機會。

「企劃書啊？我很期待。」

這時仁的手機響了，不知道是他眾多女友中的哪一個。但是這回仁一直到鈴聲停止了都沒有接。

「不接沒關係嗎？」

「因為空太還沒講完吧？」

「……剛剛那樣挺帥的呢。」

「不要愛上我喔？」

如果去掉這句話就真的很帥了。

「我覺得青山同學可能講了也不懂。她是找到目標後，不顧父母的反對，一個人從大阪跑來的吧？離開家鄉之後一直是自己一個人，所以當然會覺得不管什麼事都應該要自己來吧？」

「那麼，你的意思是要我別管她了嗎？」

「我是這樣。但空太要怎麼做就不關我的事了。思考是好事喔，學弟。」

仁站起身來，把手放在空太頭上。

「請別這樣。」

空太撥開仁的手跟著站起身來。這瞬間，堆在地板上的書垮了下來。

「啊，抱歉。」

空太慌張地伸出手想要整理，結果抓到一本入學題庫。

這是考生會看的書，空太一開始沒有什麼特別的感覺。但是這本書出現在仁的房間裡，這種不協調感緊接著在空太胃部堆積起來。

仔細一看，還有其他的書。參考書、模擬題庫集，甚至還發現大阪的藝術大學歷年題庫。

這時，早已遺忘的記憶突然甦醒。空太想起曾經看過指導志願填寫的高津老師跟仁在教職員室裡談話。那是在陪真白補考時的事。

蒐集片斷的資訊，形成了一幅畫。

但是，不可能是這樣，也不希望是這樣。

空太這麼祈禱著抬起頭，仁毫不閃避地迎上空太疑惑的視線。如此一來，不想面對的未來又逼近了一步。

「仁學長，這是怎麼回事？」

空太將抓在手上的入學題庫擺在仁的眼前。

「這不是什麼需要大驚小怪的事吧。」

「這當然是！因為……大學呢？」

「我不念水明。」

決定性的事實成為一股衝擊，直擊腦門。

「你要放棄直升嗎？」

「已經放棄了。」

「咦！」

「應該說一開始就沒提出志願。」

「……這是怎麼回事？」

一直以為仁是文藝學部，而美咲會念影像學部。不，仔細想想，空太只有聽美咲這麼說過，仁自己好像什麼也沒說。是空太自己深信他們兩人高中畢業後還會繼續留在水明。

「我要去念大阪的藝術大學。如此而已。」

「請等一下！美咲學姊怎麼辦！」

「這跟美咲沒有關係吧？」

「反正學長一定是因為這個原因才不念水明的吧！」

「……就算是這樣，也不是你該大驚小怪的事。」

仁的語調變得低沉，明顯混雜著煩躁。

「也許是這樣沒錯……但是……」

「先不要告訴美咲。該說的時候我自己會說。」

「……為什麼？」

「你幹嘛一臉很痛苦的樣子啊？」

仁露出了以往從沒見過的乾笑。到底是什麼驅使他這麼做？空太完全無法理解，只知道仁的心意已決。放棄直升的那一刻起，就已經沒了退路，只能離開水明。

「以後我該怎麼面對美咲學姊，繼續跟她玩樂聊天啊……」

「一如往常就好，你當作什麼都不知道。就這麼做，很簡單吧？」

「怎麼可能做得到啊！」

「做不到也得做。」

空太受不了仁異常冷淡的態度，一邊斥責自己想哭的情緒一邊衝出房間。

他對走廊的牆壁揍了兩拳。

即使這麼做，腦中浮現的還是只有美咲天真無邪的臉。

空太不想讓任何人看到現在的自己，快步地走回房間。

空太在打開自己房門的那一瞬間，全身無法動彈。

現在最不想見到的人，正面向桌子哼著謎樣的歌曲，並且俐落地揮動著長長的鉛筆。

空太輕輕地深呼吸。與她正常交談就好，就像平常一樣。只是，說像平常一樣，又到底是怎樣呢？

他心裡正想著這些事，美咲便轉了過來。

「學弟！像這樣如何！」

美咲秀出一張Ａ４大小的紙，是空太製作的企劃書列印稿。空太在想拜託美咲幫忙的示意圖部分留下空白，美咲用鉛筆粗略地在那上面作畫。構圖完整，確切地表現出空太所形容的遊戲畫面。

「嗚喔，太棒了。」

空太率直地發出讚嘆的聲音。

「可是，為什麼學姊會……？」

「學弟求救的聲音，嗶嗶嗶地傳到我這裡來了。」

「那怎麼可能。」

「嗯，人家想要把３Ｄ弄成像投影片那樣，所以剛剛一直在房間裡嘗試減少格數（註：動畫或電影減少每秒的格數，可能產生不自然的移動，動作看起來會比較快）。結果做得很順利，３Ｄ特有的那種滑溜感不見了，動作變得超快速的喔！我還順便試做了ＨＤ輸出算圖，結果真是相當驚人耶！」

「喔、喔……」

現在到底開始進行什麼樣的話題？

「可是比ＳＤ還要多花上幾倍的時間呢！算圖時實在是太閒了！看來還是要請龍之介幫我建算圖伺服器～！」

雖然對她所說的一知半解，但空太決定不追根究柢。如果反問只會讓話題變得更複雜。

所以空太開始問些完全不重要的東西。

「話說回來，為什麼只有赤坂沒有綽號？」

「我知道了。從今天起就叫他芥川！」

「雖然他是名叫龍之介的代表，但請學姊不要這麼做。」

「不然就叫Dragon！」

結果已經脫離人類的範圍了。空太為了自己粗心的發言在心中向龍之介道歉。抱歉了，Dragon……

「反正！現在正在算圖所以沒事做，就跑來找學弟玩了！然後就發現桌上竟然放著什麼東西！圖的部分寫著『這邊就拜託最喜歡的美咲學姊吧！雖然很難為情，但還是想要傳達這份感情！LOVE！LOVE！』所以我就畫上去了。」

「我在標籤上只寫著『插圖是咲學姊』而已！請不要擅自捏造！」

空太澄清完這點，伸手拿起企劃書再次確認內容。很棒，真的是太棒了。多虧有了插圖，看起來終於比較像樣了。

「如果這樣可以，那我之後再幫你建檔然後上色。」

「拜託妳了。」

「可是，讓我做好嗎？你拜託小真白了嗎？被拒絕了嗎？真是可憐的學弟！那就讓我來安慰你好了～」

「為什麼會提到椎名啊？」

「嗯～為什麼呢……」

真希望她對自己的發言有點責任感。

「因為女人的直覺？」

歪著身體是表示沒有自信吧？真讓人搞不懂。不過為了自己好，這種時候還是不要想太多，尤其對手又是美咲……

這時美咲對剛剛的話題失去興趣，在床上跟貓玩了起來。

她依然如此反覆無常。

放著她不管，過了一會她又自己聊了起來。

「喂，學弟。」

美咲抱起最近越來越圓的白貓小光。小光臉被塞進豐滿的胸部時，看來有些困擾的樣子。

「什麼事？」

「嗯……我說啊……」

美咲到剛才為止的高昂情緒一下子全洩了氣。空太正想著該不會要提那個話題時，已經太遲了。

「……你覺得該怎麼做才能讓仁正眼看我？」

要是講了什麼不恰當的話，一個弄不好，內心的動搖也許都會暴露出來。所以空太只能沉默以對。

「你有在聽嗎？」

「……我有在聽。」

為什麼會在這個時間點冒出這個話題啊？剛剛才聽仁說要離開水明，也就是要跟美咲保持距離的意思……

「那、那個……學姊想要跟仁學長變成怎樣的關係？」

「怎樣……就是男女朋友啊。」

「具體而言是……？」

「想要啾……」

「是老鼠嗎？」

「才不是～」

美咲噘著嘴，以可愛的表情抗議著。為什麼一旦跟仁扯上關係，這個人就會變得跟少女一樣呢？空太實在覺得不可思議，平常明明就是天不怕地不怕的外星人。

空太害怕被仁討厭，苦惱著無法說出心裡的話。

「也想要手牽著手一起走……」

他覺得美咲實在很可憐，已經不忍再看下去了。

「也想要他緊緊地抱住我……」

鼻子深處一陣酸楚。這樣不妙，再這樣下去真的會哭。

「可是……我真的不知道該怎麼做。大家都是怎麼成為男女朋友的啊？我到底是少了什麼？說不定會一輩子這樣下去……學弟，救救我。」

在床上抱著膝蓋的美咲，以泫然欲泣的眼神望著空太。

仁已經要空太封口，所以空太無法說出仁要去考其他學校的事。要說站在哪一邊，空太絕對是支持美咲的，但多少也能理解仁的心情。空太無法狠下心來，放著這麼苦惱的美咲不管。

然而也說不出什麼安慰的話。

「學姊長得這麼可愛，不會有問題的。」

他只能這麼說著，一邊等待美咲自己重新站起來。

「謝謝你，學弟。我好像心情有好一點了。」

聽到美咲這麼說著，空太內心有一半感到獲得救贖，另一半則是覺得無力的自己很沒出息而想哭。

「為了幫妳打氣，要不要來徹夜打電動？」

「喔，居然敢跟我挑釁！看來學弟也有所成長了呢～」

於是打開電源，拿起控制器。

「學弟。」

「嗯？」

「這個夏天一定要好好地玩個夠。」

「為什麼突然這麼說？」

「因為對我跟仁來說，這已經是高中生活的最後一個夏天了嘛～」

美咲輕鬆說出的一句話，深深地刺進了空太的胸口。

今天真的不妙。發生太多直攻淚腺的事了。空太慌張地吸了吸鼻子，即使開始與美咲的對戰，卻完全沒辦法應付。

「啊～真是的，學弟，你在幹什麼啦！這時候發什麼呆啊！」

現在一直視為理所當然的生活，再過幾個月就會變得完全不一樣。明年的夏天，美咲與仁將不在這個櫻花莊裡了。不管怎麼鬧彆扭、不管怎麼叫喊著不願意，這都是無法改變的事實。光是想像沒有兩人的櫻花莊，空太又忍不住一陣鼻酸。

他為了蒙混過去，故意大聲地說著：

「還不都是因為學姊講了奇怪的話！」

「人家才沒講什麼奇怪的話呢～！」

天真無邪地笑著的美咲看著空太。

「沒事的～！我還在這裡啊。」

「……第一次聽到美咲學姊講出像個學姊的話。」

「那證明學弟的心也變成大人了呢！終於了解我的偉大了嗎？」

「什麼跟什麼啊！接下來絕對不會輸給妳！」

「那麼，輸的人就要潛入小七海的房間，從衣櫃裡拿出內褲來做為懲罰囉！」

「這完全對我不利吧！」

空太跟美咲之間已經恢復一如往常的氣氛。兩人持續玩著電動，直到被打工回來的七海責罵會吵到鄰居為止。

目送心不甘情不願回房間去的美咲，又被七海碎碎唸了一頓之後，空太小心翼翼避免影響已經在睡覺的貓咪們，窩在床鋪的角落。

閉上眼睛，把自己置身於黑暗之中，許多事情在腦海裡重播。

與七海爭吵的那個早上。

宣示自己要考其他大學的仁那冷漠的表情。

毫不知情而笑鬧著的美咲。

而仁與美咲到明年就不在了。往年畢業典禮都在三月上旬，距離現在還剩下七個月。時間還早。但是，時間一天天確實地逼近。

在這段期間，能做多少事呢？能夠跟七海好好相處嗎？仁跟美咲又會變成怎樣呢？真白應該能夠成功成為漫畫家；龍之介則可能跟現在一樣。那麼，自己呢？

一旦開始思考這些，每個疑問都找不出答案，結果時間就這麼流逝。

空太放棄睡覺，但也不想關在房間裡，於是來到櫻花莊深夜的走廊上。這裡悶熱又安靜。明明不是防盜地板，但老舊的木板地面仍然吱嘎作響。

空太發現飯廳開著燈，便往那邊走過去。

待在飯廳裡的是千尋。看到她一個人喝開了的樣子，空太瞬間放鬆下來。

看著明信片的千尋抬起頭來。

「現在是小孩子該睡的時間了。」

「現在是大人也該睡的時間了。」

時間已經過了深夜兩點。

「那是信嗎？」

千尋沒有回答，把明信片撕破丟到垃圾桶裡去。

「這樣好嗎？」

「就算去參加同學會，也只是聽那群像豬肉原料的傢伙們自吹自擂或大吐苦水而已。」

「乾脆直接說豬就好了……是這樣嗎？」

「等你到我這個年紀就會知道了。」

十幾年後的自己在做些什麼呢？有點難以想像。況且，自己什麼時候才會變成大人呢？連這個都有疑問。

「而且有我不想見到的人。」

千尋咕嚕咕嚕地灌著啤酒。

「以前的男朋友嗎？」

原本只是開玩笑，但千尋的動作停頓了一下，然後又立刻像什麼都沒發生一樣，將啤酒一飲而盡。

「然後呢？神田有什麼事？不是想要我安慰你嗎？」

「……我今天不想吐槽了。」

「你居然想上（註：與吐槽日文音同）老師？真是下流啊！」

「其實老師的存在就是種鼓勵呢。會讓人覺得隨隨便便也能活得下去。」

「反正說到神田，一定不離青山、三鷹，還有上井草吧？」

從冰箱裡拿出啤酒的千尋背影，雖然仍是一副嫌麻煩的樣子，但她所說的話全都正中下懷，空太打從心底感到驚訝。

「你這種個性很吃虧啊。完全被別人的事影響，被耍得團團轉，情緒也跟著起起伏伏，搞到晚上也睡不著。你是不是笨蛋啊？」

回到座位上，千尋打開了啤酒。不能浪費噴出來的泡沫，於是她馬上把嘴湊了上去。

「老師，妳是跟我有仇嗎？欺負我讓妳覺得很快樂嗎？」

「還好啊。」

那可真是蠻橫不講理的回答。空太剛剛真是莫名其妙被痛罵了一頓。

「啊，對了對了，這個拿給真白。」

千尋把放在桌上的信封推了出來。對方遞出來的不管是什麼東西都會收下——這就是空太的壞習慣。

那是個紅藍鑲邊的信封。來自國外的信件，以英文寫著住址與姓名。空太覺得第一次拿在手上的國際郵件很稀奇，於是自然地翻過來看。

上頭有寄信人的姓名。

大概讀做亞岱爾．愛因茲渥司吧。

「這是男人的名字吧？」

空太忍不住以認真的眼神看著千尋。

「不要露出那種恐怖的表情。少年的嫉妒心會被看穿喔。」

「我、我又沒有……」

這個人到底跟真白是什麼關係呢？外表是……？年齡是……？是做什麼的呢……？還有，信裡面又寫了什麼內容呢？實在很令人在意。

「哎啊，真是湊巧。」

還以為是什麼事，空太一看，發現真白出現了。看她的表情就知道今天也在畫連載漫畫的草稿吧？即使離開書桌，集中力也沒中斷，而且帶著有些緊張的氣氛，說不定是因為草稿進行得不太順利。

真白瞥了空太與千尋一眼，然後打開廚房的櫃子，開始在裡頭東翻西找。找到杯麵後，用雙手慎重地捧著走到空太面前。

「幫我。」

空太沒有抱怨就幫真白準備杯麵。在三分鐘的等待期間，把千尋交待給他的信拿給真白。

真白看來完全沒有猶豫，面無表情地撕開信封，從裡面拿出信紙。雖然知道這樣不太好，但空太還是用餘光瞄了一下。因為是用英文書寫，所以也沒辦法知道內容寫些什麼。

從面無表情的真白臉上也看不出個端倪。

等她讀完之前的沉默令人呼吸困難。結果，空太終究沒有等到最後就發問。

「這個人是誰？」

他的聲音微微顫抖。

「特別的人。」

這麼一句話就讓空太的心臟用力跳動了一下，然後又很快變為揪心的痛楚，控制著空太的靈魂。

其他的煩惱被突然來襲的海嘯吞沒，沉入海底。不管是七海的事、仁的事、美咲的事，全部都被淹沒。

腦中完全被真白佔據，甚至連用開玩笑的方式來保護自己的從容都沒了。空太為了尋求救贖，繼續問道：

「特別指的是……」

他已經快不行了。

真白抬起頭來凝視著空太。

「喜歡的人。」

腦中響起乾澀的聲音、冰裂開的聲音。視線突然變得雪白而模糊，連自己正看著哪裡都不知道。

特別的人。

喜歡的人。

這些字眼所代表的涵義只有一個。

最重要的情感正逐漸應聲崩解。也許那就是空太自己本身，但現在的空太已經完全無法理解、無法掌握了。

「這樣啊……這樣啊……」

空太搖晃著站起身來，扶著桌子支撐身體。有股看不見的力量正用力地揪著心臟，胃被重重地踐踏著，連呼吸都變得不順暢。

因內心喪失方向感而變得糊裡糊塗的腦袋裡，空太不斷重複著「不是的」。不是的，自己沒有受到傷害。不是的，跟自己沒關係。不是的，自己並沒有那麼想。不是的，不是那樣的。

但是無論怎麼辯解，空太的心情完全沒有好轉，反而被持續逼到絕境。

「空太？」

真白疑惑的聲音讓空太回過神來。

「我睏了，要先去睡了。晚安。」

空太很快地說完，便離開了飯廳。

他立刻逃回房間，用力地關上門後靠在門上。空太無法抵抗這股襲擊而來的倦怠感，像是癱軟般坐在地上。接著一動也不動，只是茫然地看著自己伸直的雙腳。

第三章
現在只有現在
所以才叫做現在

櫻花莊的寵物女孩

1

朝陽升起。天氣預報是接連三天的大好天氣，今天也會是熱到惱人的一天吧。現在已經是八月下旬的二十日，但秋天的氣息似乎還很遙遠。

熬夜到天亮的空太，正想拿完成的企劃書參加甄選而坐在電腦前面。

在網站的頁面上填入必須資料，從頭到尾確認了好幾次。就只剩按下ENTER鍵了。

自從得到龍之介的建議之後，企劃書的內容就急速進化。

靠著美咲幫忙製作的圖像資料，以及與仁商量過後整理的關鍵字令人留下深刻印象，跟剛開始只有文字的企劃書已經大不相同，的確有個樣子了。

剛才又給龍之介看過，沒有像之前那樣被指出缺點。

能做的事都做了，空太有種辦到了的感覺。

所以他決定趁著還有信心的時候參加「來做遊戲吧」。

依據報名格式填入資料，不到五分鐘就準備完成，只差按個鍵就完成手續了。

握著滑鼠的手因為流汗變得溼黏黏，下腹莫名地不安寧。空太正處於從未有過的緊張與興

「來做遊戲吧」企劃書

TRAIN・TRAIN（暫定）

～新感覺電車轉乘益智遊戲～

掌上型遊樂器用下載販售內容

參賽者NO.780411　神田空太

■ 企劃概要

以實際電車路線做為活動範圍的新感覺益智遊戲
必須在規定的時間內或以固定的票價抵達終點站

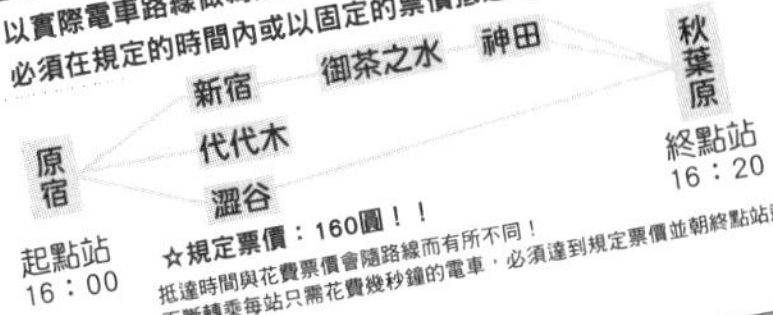

☆規定票價：160圓！！

抵達時間與花費票價會隨路線而有所不同！
不斷轉乘每站只需花費幾秒鐘的電車，必須達到規定票價並朝終點站邁

■ 概念

趣味點是？

時間剛剛好、
費用剛剛好、
電車也轉乘得剛剛好的爽快感

■ 遊戲流程

1．決定標準

2．從起點站出發

遊戲開始！！
起點站電車會自動發車
以每站幾秒鐘的速度快速通過

3．接近轉乘站！

一接近可以轉乘的車站
畫面左下方就會開啟視窗
畫面可以轉乘的電車
・顯示出可以轉乘的電車
・知道各轉乘電車的發車時間
玩家依據資訊選擇路線
・選擇的時間只有幾秒鐘！（速度依難易度有所變化）

4．重複「3」的轉乘選項

每當接近可以轉乘的車站時，選擇
不需等車的轉乘路線，能夠獲得分數！
如果連續就能夠獲得追加分數！！
・不過，請注意也有轉乘時需花費時間的車站！

華麗地轉乘電車吧！

5．抵達終點站

畫面

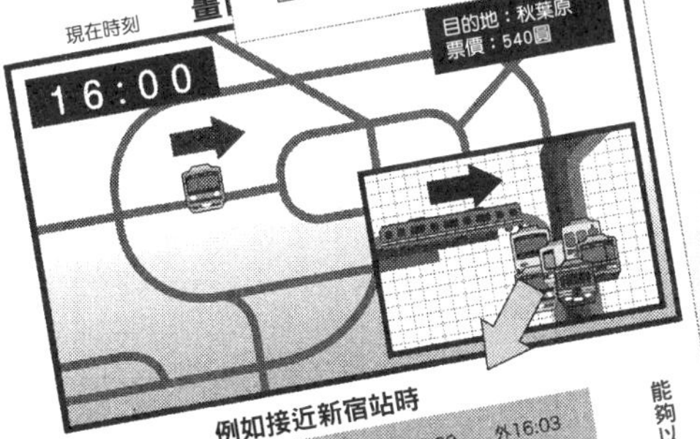

例如接近新宿站時

山手線	內16:02	外16:03
埼京線	上16:02	下16:10
京王線		下16:09
小田急		下16:09
特快		下16:15
丸之內線	上16:05	下16:15

…etc.

能夠以益智遊戲的方式選擇

■ 遊戲模式介紹

單人遊戲

○任務模式
從起點站出發，只要達到標準並抵達終點即過關
過關後進入下一個任務，是最簡單的模式

○TRAIN・TRAIN模式
抵達終點站時，會立刻顯示下一個規定標準及目的地
只要未達到標準，就能一直享受轉乘益智遊戲

多人遊戲

○專用連線對戰模式（最多可4個人一起玩）
將掌上型遊樂器靠近，朋友間就能歡樂對戰

○遠距離通信對戰模式（最多可8個人一起玩）
透過無線網路基地台，可以跟遠距離的人進行對戰

○追緝犯人模式
一個玩家擔任犯人，其他玩家合力追緝

■ 對象

・想輕鬆玩遊戲來打發時間的玩家
・一部分的鐵道迷
目標是成為讓人一有時間就忍不住想玩的遊戲

■ 好處

○可以獲得什麼樣的好處？
・透過遊戲清楚地了解平常不會搭乘的全國路線
・發現轉乘以及續乘的技巧
・掌握乘車時間及票價，去哪裡都變得很輕鬆

○就娛樂性而言？
・能獲得轉乘時毫不浪費時間及票價，控制得剛剛好的快感！
・突破不可能的標準當下所產生的成就感令人十分爽快！！
・能以益智遊戲的方式來搭配路線進行遊戲！

○會不會很困難？
・即使沒有電車相關知識，也能以益智遊戲的方式來搭配路線進行遊戲！

奮當中。

身體會這麼老實地產生自然反應，這還是第一次。即使來到櫻花莊之後，也從來沒有這麼害怕過。

再數十秒就按下ENTER吧。

深呼吸之後，在心中開始倒數。

十、九、八……才數到七的瞬間，希望就跳到桌上來了。空太因受到驚嚇，手指不小心按下了ENTER鍵。

畫面切換，出現「輸入完成。感謝您的使用。」的文字。

希望一臉驕傲的神情坐在桌子上。

「你喔……」

而且居然還是希望。黑貓，真是不吉利啊……

反正說了也於事無補，空太關閉視窗，帶著放棄的心情關掉電腦。書面審查的結果，最快也要一個禮拜後才會知道吧。

會有一段時間沒事做。

空太傾斜著椅子，伸了個懶腰。

辦到了。至少辦到了。

他忍不住發出不成言語的嘶吼。

嚇了一跳的貓咪們，一起對他送上抗議的視線。

現在才不會只因為這樣情緒就平靜下來。空太抱起躺在書桌上的希望，正想睡覺的希望一臉覺得麻煩的樣子，但是空太很想把自己感受到的幸福分享出去。

空太說著「好乖好乖」摸摸希望的頭，但希望還是在他懷裡暴跳起來，逃了出去。

空太放棄與不帶勁的貓咪分享喜悅，斜坐著椅子望著天花板。看著老舊的天花板紋路，腦袋也逐漸放空。

緩緩閉上眼睛。

什麼都不想做，什麼都無法做。心情是興奮的，但同時伴隨著倦怠與無力感。這麼說來，真白剛完成原稿後的那幾天，也都一直在發呆，說不定就是陷在這樣的情緒裡面。

空太不經意地想起真白，使得空蕩的腦袋裡，瞬間全染上了真白的顏色。

寄給真白的信。特別的人、喜歡的人。

幾乎看不出對人感興趣的真白，隔天就寫了回信，還跟七海說想把信寄出去的這一幕，正好被空太看到了。

出門到郵局去的背影看來很開心，相反地，空太卻覺得快要窒息了。

如果不問仔細一點是搞不清楚事實的。每天早上在讀書會上遇到真白時，空太總是想鼓起勇氣，但是一想到有可能得到最糟的回答，終究過了一個禮拜還是無法開口提問。害怕會有超乎想像的痛苦，所以內心變得膽小。

將目光從這樣的現實移開，空太埋首於企劃書的製作。因為一有空就會想些有的沒的，所以他這幾天完全專注在這上面。

但是，現在企劃書已經完成，空太也沒了可以躲起來的地方。

真白的事正逐漸從腳邊蔓延，支配著空太。

還有其他擔心的事——仁要考其他大學，美咲又會如何呢？還有，跟七海起口角的事也還沒解決。

而七海每天沒日沒夜地打工、照顧真白，最近又專注在訓練班的期中發表，比以前更加無懈可擊了。

把這些令人擔心的事想了一圈，空太又想起了真白。

這時背後傳來聲音。

「空太。」

嚇了一跳而失去平衡的空太，連同傾斜的椅子整個往後倒下。忍著痛睜開眼睛，發現上下顛倒的真白正站在那裡。

空太慌慌張張地起身。

同時想起了重要的約定。今天是八月二十日，刊載真白出道作品的雜誌發售了。還記得她說過想一起去書店。

「讀書會結束後，我們就去書店吧。」

奇怪的是真白搖了搖頭，也沒打算走進房裡來。

「七海怪怪的。」

「哪裡怪怪的？」

真白沒有回答，只是凝視著走廊盡頭……玄關的方向。有誰在那邊吧。

空太只從房間探出頭，發現穿著便服的七海在玄關那裡。她倚靠著鞋櫃，低著頭一動也不動。樣子看起來確實不對勁，感覺不到平時的機靈俐落。

空太走出走廊跑向七海，真白也在後頭跟上。

「青山？」

空太出聲叫了七海，她緩緩地抬起頭。茫然的眼神，潮紅的臉頰，卻一副很冷似地抱著自己的身體。

「妳……」

「沒……關係。我沒事。」

喉嚨發出來的聲音跟平常不同，完全沒了往常的朝氣。

「明明就有事吧。」

空太伸手摸摸她的額頭，手心傳來七海熱呼呼的體溫。

發燒了，而且燒得挺嚴重……

「我都說我沒事了。」

七海有氣無力地甩開空太的手，只是稍微動一下就痛苦地不斷咳嗽。空太輕撫著她的背。

「神田同學……性騷擾……」

「現在是說這種話的時候嗎？」

「算了……我要去打工……讀書會抱歉了……因為今天很早就要出門……」

思考斷斷續續，正是腦子已經被燒昏的證明。

「讀書會無所謂。而且，妳這樣根本無法打工。別去了。」

「突然請假……會給對方添麻煩的……」

「沒有戰力的人即使在也只會添麻煩吧！」

空太嚴苛地這麼說了。這根本就不是能夠出門的狀態。況且，到不到得了打工的地方都很令人懷疑。

「可是……」

彷彿不撐著身體就會馬上倒下去。

「反正妳今天休息就是了。明天不是有很重要的事嗎？」

明天——八月二十一日有訓練班的期中發表會。

「話是……沒錯……」

「總之妳今天就先回房間去睡覺，為明天的事做好準備。打工那邊的電話號碼呢？我來跟他們聯絡。」

「不用了……我自己來……」

七海呼出的氣都熱呼呼的，已經連睜開眼睛的力氣都沒有了。即使如此，七海還是拿起裝設在玄關的電話話筒。

一個個按下電話號碼。

對了，七海從上個月起手機就被斷話了。

賺來的打工費都用來償還積欠的一般宿舍住宿費，所以手機還是不能用。七海曾說過沒有手機總還是會有辦法，不過空太實在無法相信……

「我是青山。您辛苦了……是的，很抱歉，我身體不太舒服，還有發燒……是的……是的。麻煩您了……是的，真的很抱歉。謝謝……」

七海邊咳嗽邊將話筒放回去。她在這裡用盡了力氣，就這樣癱坐在地上，連站起來的力氣都沒有了。

空太不由分說就將七海揹在背上。

脖子上感受到七海吐出的炙熱氣息，不安隨之排山倒海而來。不能輸給這股壓力，空太用力張開腿跨上樓梯，把七海送回房間去。

一直到被安頓到床上為止，七海完全任其擺佈。

「我去拿藥過來。」

七海抓住正要離開房間的空太手腕，她所碰觸到的部位立刻冒汗。七海的熱度融進空太體內，化作不安侵蝕著他的全身。

「怎麼了？還想要其他什麼東西嗎？」

「我明天……要去……」

七海像夢囈般喃喃說著。

「一定要去……」

說不定她連自己在說什麼都不知道。

「知道了，我知道了。」

她抓著空太手腕的手沒了力氣，就這麼把手放開，失去意識地睡著了。

感覺很痛苦的呼吸，訴說著明天的絕望。空太壓抑著想摀住耳朵的衝動離開了房間。接著回到自己的房間換了衣服，從宿舍飛奔而出，去拜託醫生出診。

町田醫院是商店街附近的醫院，空太以前身體不舒服的時候常被母親帶到這裡來。醫院由一位看不出有比十年前老的老爺爺醫生執業。空太小時候就認識他了，所以即使空太一臉驚慌地衝進來，醫生仍然和顏悅色地聽他說明。

甚至答應在上午及下午的看診時間中間的空檔，會到櫻花莊去看看。

一個小時過後，老爺爺醫生幫七海看診完畢，便去找在房裡等待的空太。

診斷出是過勞導致免疫力降低的夏季感冒。雖然沒有向醫生說明得很詳細，但七海勉強自己的事倒是被一眼看穿。不管因為年輕而恢復得有多快，醫生說至少都得靜養個三、四天才行。

當然明天的外出更是免談了。

最後老爺爺醫生再次叮嚀空太不要讓她太勉強自己了，給了退燒藥及維他命劑的處方之後就回醫院去了。

千尋因為工作的關係，一早就到學校去了；仁也從昨天就沒回來。空太先跟中午過後才從房間出來的美咲說明七海的病情。

等到傍晚仁回來之後，空太集合所有的人到自己的房裡。總共是空太、仁、美咲以及真白四個人。

空太首先向仁說明七海的狀況。

「雖然覺得她遲早會累倒，但沒想到會在這個時間點。」

早知道……空太想這麼說出口，卻又吞了回去。事到如今說這些也無濟於事，況且空太隱約有這樣的預感卻什麼也辦不到。

「問題在於明天……」

美咲癟著嘴，雙手交叉在胸前思考著。

這裡的所有人都知道明天有期中發表會。連皮膚都能感覺到這幾天緊繃的氣氛，在二樓甚至連七海練習的聲音都聽得到。

「她還說著夢話，說明天要去。」

這跟打工請假截然不同；跟平常上課也不一樣。明天是一年一度特別的日子，要展現截至目前為止上課的成果。七海正是為了這個努力到現在。

「就算是這樣也不能讓她去吧。」

仁一臉嚴肅的表情。

「嗯，我剛剛也看了一下。小七海看來非常痛苦，明天雖然不是絕對不行，但現在看起來實在是沒辦法。」

「如果她還是堅持要去，那我們就得阻止她。」

「說的也是。」

雖然感到焦急，但空太也只能同意仁的意見。要是有個萬一就後悔莫及了。考慮七海的狀況，應該要讓她放棄這一次的發表會。

話題結束之後，仁站起身來。

這時一直保持沉默的真白突然開口。

「是我的話就會去。」

空太與美咲的視線轉向真白；正要離開房間的仁停住了腳步。

「是我的話就會去。」

「椎名，可是……」

「如果七海想去，就讓她去吧。」

感到很傷腦筋的空太以眼神向仁求救。仁一副無可奈何的樣子，聳了聳肩。

「讓七海去吧，拜託。」

明明是請求別人的語氣，但眼眸卻訴說著如果不行，自己就會帶她去。

「拜託你。」

真白低下頭致意。

「她這麼說耶，該怎麼辦呢？空太？」

「我當然也想順著青山讓她去做想做的事啊。可是……」

空太忘不了抓著自己手腕的七海手的熱度。那個聲音、那種決心，多希望七海至今的努力有所回報。

「空太，拜託。七海每天都……努力到很晚。」

「這我當然也知道，可是……」

有些事一定要有人去阻止。

「拜託。」

「如果常識是障礙，那麼答案不是已經出來了嗎？」

對著煩惱的空太這麼說的是仁。他一臉已經死心的表情，正訴說著一個結論。

「你以為這裡是哪裡？」

問題人物的巢穴——超乎常識的櫻花莊。

真白凝視著空太。空太內心開始動搖。要讓她去嗎？還是要阻止她？哪一個才是為七海好？思考這種事也沒有意義。因為做決定的不是空太，而是七海。

「我知道了。如果青山要去，就不阻止她了。」

七海是不會自己放棄的吧。雖然明知這點，但空太還是只能這麼說了。

「好～那就這麼決定了！大家一起來幫小七海吧～！」

美咲自己喊著「喔～！」附和自己。

「空太，謝謝。」

「沒什麼……明天我陪著她去好了。她那個樣子實在很危險。」

「那麼，交通方面就交給我囉～」

「啊，說的也是，搭計程車可能比較好。那就拜託學姊的財力了。」

「就當作搭乘太空船，儘管來吧！」

美咲滿意地微笑著。雖然看來像在盤算著什麼，不過都到這種地步了，至少不會再做什麼不利於七海的事吧？空太決定不再深究。

「剩下的就是千尋。正常來說，她應該會反對吧。」

仁推了推眼鏡。

「雖然不覺得她是正常的大人，不過大概……」

「嗯，那邊就交給我吧。」

「拜託你了。」

雖然不是絕對，但空太對千尋實在很沒輒，只能交給人生經驗豐富的仁了。就這裡面的成員來看，仁也很清楚那是自己的任務。

「我呢？」

真白這麼嘀咕著。

「椎名的工作就是什麼都不要做。」

實在不想再增加麻煩。

「我也想做點什麼。」

不知道是不是心理作用，真白看起來有些落寞的感覺。

「那麼，真白就跟空太一起陪七海去吧。」

「等一下，仁學長！」

「交通交給美咲，千尋就交給我。沒有問題吧？」

「嗯！」

美咲用力地點點頭。

「什麼啊，還以為沒有人在，你們是在這裡計畫什麼壞主意嗎？」

到房間探出頭來的，是剛從學校回來的千尋。大概是因為已經用手機告訴她七海感冒的事，所以才會比預定時間還早回來。

「那麼，鈴音在叫我了，我先走囉。」

仁迅速地起身離開房間。

「我要去弄構圖了～」

接著，美咲如此說著飛奔出去。

真白正想趁亂離開，千尋從背後出聲叫住她。

「真白，這個寄到我們的信箱來了。」

千尋拿出一個偏大的信封，有相當的厚度。表面上印著少女漫畫雜誌的LOGO。

「大概是樣書吧？」

真白被千尋催促著，不發一語地伸出手來。撕開膠帶，從裡面拿出一本雜誌。

沒有開心的情緒，也沒有笑容，真白沒有表情地翻閱著雜誌。在雜誌中間部分發現自己的漫畫後，只確認了扉頁就立刻闔上。

然後把樣書遞給空太。

「這樣就好了嗎？」

「內容我已經知道了。」

「這我當然知道……不過，不是應該更高興一點……之類的嗎？」

「我非常高興。」

「完全看不出來……總之，恭喜妳出道了。」

「嗯，謝謝。」

果然完全看不出真白有感到開心。說不定是因為在意七海的事。

空太盯著拿在手上的雜誌封面，左邊角落有一小部分介紹了真白的短篇漫畫，漫畫名稱下方寫著「椎名真白」。

尋找刊登頁面的手在顫抖。因為已經知道大概的位置，所以很快就翻到了扉頁。

真的刊登在上頭了——空太腦中想著這種裡所當然的事，一頁頁讀下去。之前雖然已經看過，但一旦成為雜誌的形式，就像是不同的東西，總覺得很有真實感。

「真的能成為漫畫家呢。」

首先在空太心中萌芽的，是單純帶著驚訝的認同感。

空太將樣書還給真白，真白將它抱在懷裡，回自己的房間去了。

留下來的千尋，眼神像盯著獵物的蛇般看著空太。

「然後呢？你們該不會在想什麼蠢事吧？」

懶鬼教師意外地非常敏銳。

「並沒有。能不能請老師趕快離開我的房間然後把門帶上？我也擁有應該受到尊重的個人隱私！」

「你沒有那種東西。」

千尋說著令人感到害怕的話，跟著離開了房間。

空太自己把還開著的門關上。
鬆了口氣。
但是真正的試煉現在才正要開始。
雖然知道沒有用，但還是忍不住想祈禱。
希望明天七海的病情能夠好轉。

2

隔天早上，空太的期望落空，七海的狀況並沒有好轉。
帶著腫脹的眼皮來到一樓的七海，已經做好出門的準備。換好衣服，肩上揹著去訓練班時會帶著的大包包。
看到這個樣子，千尋當然上前阻止。
「青山，回房間去。」
「為什麼……」
七海的聲音在喉嚨裡分岔，沙啞得很厲害。聲音的狀況比昨天還糟，連鼻音都出來了，想瞞混過去都沒有辦法。

「因為妳已經燒到判斷力降低，連原因都搞不清楚了。」

對於千尋毫不客氣的言論，七海也完全不畏怯，只是頑固地看著前方。大概是身體知道只要一低頭就完了。

本人應該最清楚自己身體的狀況，如果沒事當然也想好好休息。但是，今天非去不可。為了展現平時努力的成果。

「夠了，回房間去睡覺。」

「我不要。」

「妳個人的意見不重要。」

千尋正要抓住七海的手。

仁搶先一步從背後伸手架住千尋，把她舉起來。

「等一下，三鷹！你在幹什麼！」

「空太，剩下的就交給你了。」

空太拿起包包，帶著七海走向玄關，以行動代替回答。

「雖然妳大概不願意，不過我要送妳過去。」

七海似乎想說些什麼，最後還是什麼也沒說，只點了一下頭。

「你們昨天聚集在神田的房間，就是為了這個吧！」

千尋不停用力踩著騰空的雙腳。

「等、等一下，三鷹！你幹嘛趁亂摸我胸部！」

「那當然是因為剛好它就在那裡。」

「不要把胸部講得好像山（註：英國登山家馬洛里（George Herbert Leigh Mallory）在被問及為何想攀登珠穆朗瑪峰時回答「因為它就在那裡（Because it's there.）。」成為至今常被引用的名言）一樣！」

空太聽著背後傳來千尋的叫聲，帶著七海走出櫻花莊。

一部白色的休旅車開到前面的馬路上。那是一部亮晶晶的新車。

「學弟！上車！」

駕駛座上坐著美咲。

「啊？學姊，妳在幹什麼？」

交通方式確實是交給美咲了。

但是，不是應該幫忙準備計程車嗎？

為什麼會是美咲握著方向盤。

空太還沒理解狀況就跟七海兩人坐進後座；無聲無息地跟上來的真白則狡猾地坐上了副駕駛座。

關上車門，美咲便發動車子。甩開仁的千尋從後面追上來，但馬上被拉開距離，轉個彎就不見蹤影了。

「那個……學姊，妳有駕照嗎？」

「我拿到啦。」

「什麼時候？」

「嗯～一瞬間就拿到了。」

「請好好說明！」

空太開始對這部車的安全感到擔憂。駕駛起來姑且算很穩定，而且也在限速內。看來是依照衛星導航開往目的地，但畢竟握著方向盤的是外星人美咲，無論如何就是甩不掉不安。

「嗯～啊～就是那個時候。學弟跟小真白冷戰，像被甩了般情緒低落的悲傷六月。」

會被冠上悲傷六月這種奇怪的標題實在令人遺憾，不過那時確實沒有多餘的精神，所以完全沒注意到周圍的人。

就算沒發現美咲開始上駕訓班，那也是無可奈何。

「那……這部車是……？租來的？」

「買的。」

「多少錢？」

「加上有的沒的，現金一次付清好像是三百萬……又好像不是？我也不太清楚，因為手續都是仁幫我辦的。」

「這樣嗎？這樣就夠了。」

日本法律規定年滿十八歲就能考一般駕照。美咲確實是在六月度過第十八次的生日。

七海大概是身體不舒服，只是閉著眼睛一動也不動。

說不定是在節省體力。

說不定是休息想讓身體好一些。

空太這麼想著，自然而然閉上了嘴。現在還是不要打擾七海比較好。

車子開到國道上，便更加順暢地往前進。

過了一個小時左右，車子開進了市區內雜居大樓區，美咲突然左顧右盼了起來。

「該不會迷路了吧？」

「才不是～就在這附近～」

衛星導航正顯示「在目的地的附近」。

「青山，好像到了喔。」

七海緩緩地張開眼睛。

應該多少睡了一下，她一臉剛睡醒茫然的表情。即使如此，眼眸深處仍然閃著充滿意志的光芒。那是熱衷於自己應該做的事情上會有的眼神，她的內心並沒有屈服。

「這裡就好了嗎？」

「……嗯。剩下的，我自己一個人沒問題。」

七海打開門下車。腳步不穩，完全看不出沒問題的樣子。但是接下來的也無法幫她了，因為要面臨期中發表會的是七海而不是空太。

所以，就在車上目送她離開。

空太沒出聲叫她好好加油，因為說不出口。可以的話，根本不希望她加油；希望她多為身體著想趕快休息。

七海在人行道上走了約十公尺後，走進一棟五樓建築的大樓裡。

「上課的錄音室原來在這種地方啊～」

到處都看得到的大樓林立的景色。旁邊就是便利商店，樓上似乎是一般住宅。

「車子就停到對面的停車場囉。」

美咲打了方向燈，再度移動車子。

熟練地停進以時計費的停車場裡。

熄火的車子裡變得更安靜了。

「大概要多久？」

坐在副駕駛座的真白這麼問道。這是她坐上車子之後第一次開口說話。

「她說過一般課程是三個小時，不知道今天如何？有可能提早，也有可能延後……我也不曉得。」

「這樣啊。」

就這樣待在車子裡三個小時很累人，沉默令人窒息。話雖如此，也沒什麼心情說些蠢話來炒熱氣氛。

「椎名，要去書店嗎？」

「不用。」

「妳不想看雜誌在書店裡展示出來的樣子嗎？」

「沒關係。」

「……什麼沒關係？」

「因為未來還會不斷遇到發售日。」

空太張著嘴，不知道該怎麼回話。

如果是真白，確實應該做得到。一旦獲得連載機會，每個月都會有發售日。真白確實有資格如此宣言。

不會因為害怕失敗的可能而先打預防針，總是說到做到。真白真正厲害的就是這一點。

「這樣啊。」

「嗯。」

但是，今天的真白看來跟平常不太一樣。明明是那麼堅定、不會有任何動搖，今天卻窩在副駕駛座裡顯得渺小。

「空太。」

「什麼事？」

「都是我害的吧。」

「嗯？」

「七海一定累了吧。」

「不是那樣。」

雖然毫無根據，但是空太就是如此斷言。

選擇來到不習慣的櫻花莊，並且負責照顧真白，還日夜忙著打工與訓練班課程的是七海自己。七海一定不會認為這是真白的錯，再加上剛好有許多事情重疊在一起，她一定也很清楚只不過是運氣不好，在這個時間點把身體搞壞了而已。

「我要向她道歉。」

「別這樣，她一定會生氣的。」

即使真白是真的感到罪惡，但聽在七海耳裡，大概只會認為那是在同情她罷了。況且也不想再看到因為彼此想法不同而有人受到傷害，總之道歉只是徒然。

在這之後，在車上的三人，誰也沒說話。

在車子裡等了兩個小時左右，三三兩兩的人從訓練班走了出來，全部大概有三十個人。最後七海走了出來。

發現七海的空太立刻下車，打算上前去接她過來，但是在前面一點的地方就停了下來。

七海正在跟別人說話。不，應該是被看來與她同年紀的女孩說了什麼。

雖然聽不到聲音，但是一看就知道她正受到責備。空太看到七海不斷地道歉，覺得受不了而跑上前去。

「青山，回家吧。」

正和七海說話的女孩子，很不高興地轉過頭來。七海的表情則更加陰沉了。

「什麼啊，你是七海的男朋友嗎？」

那是很有特色的甜膩聲音。長睫毛，像娃娃一樣的小臉蛋。令人感到驚訝的是，她光是站著就能讓周圍的氣氛感覺熱鬧起來。不過，她所表現出來的卻像矛一般尖銳，毫無可愛可言。

「我只是來接青山而已，不是她的男朋友。」

「妳還真有派頭呢。」

女孩對著七海說出這句話。

「不好意思，有什麼想說的話，可不可以下次再說呢？青山今天身體不太舒服。」

「這個我知道，不過不是什麼事都能有下次的，不是嗎？」

「對不起……真的很對不起，桃子……」

「什麼嘛，明明就是七海不對，為什麼……算了！」

搖晃著紮成兩邊的頭髮，這個叫做桃子的女孩就這麼跑走了。

「神田同學，對不起……」

「算了，我們回去吧。」

空太攙扶著七海回到車上。

讓她坐上後座，空太自己也坐上車。

「那麼，回家了～！」

雖然美咲表現得很開朗，但是發動的車子裡，還是被沉重的寂靜所籠罩。

整個人癱坐在椅子上的七海，狀況看來明顯惡化。也許退燒藥的藥效已經過了，又開始發燒了。

也可能只是七海放鬆下來，不再掩飾身體的不適。

急促的呼吸聲擾亂著耳朵。她有時蜷曲著背，激烈地咳嗽。

發燒使得七海的身體不舒服、喉嚨疼痛、鼻塞得痛苦。但是，空太完全知道，七海的表情會這麼沉重，並不是因為這些症狀惡化；而是因為期中發表會的結果令人失望……

空太完全不知道該說些什麼。

美咲集中精神開車；真白直視著前方；而空太只能看著窗外的景色，在內心祈禱趕快回到櫻花莊。

這時首先打破沉默的是七海。

車子開在筆直延伸的國道上，她那快消失般微弱的聲音以關西腔說了：

「……對不起。」

「到櫻花莊之前妳就睡吧。」

空太覺得還是不要正面回答比較好。在這種時候，不管再怎麼思考，想到的一定都不會是什麼好答案。

「給你添麻煩了……對不起。」

即使如此，七海還是繼續說著。已經管不了是不是東京腔了，每當她發出沙啞的聲音，就讓人覺得揪心。她平常的聲音清澄而堅定，現在這些最重要的部分都沒了，讓七海失去自信，看起來根本不像平常的她，變得非常虛弱。

「沒關係，現在先別說這些了。」

「怎麼可能沒關係……人家……給大家添了麻煩……」

「都說無所謂了。」

「神田同學也說過……說人家太逞強、太亂來……叫人家不要這麼固執……」

七海現在這樣感情用事，不管對她說什麼都沒用，她根本就聽不進去。

「自己攬了一堆事在身上……結果根本就做不好。你們還特地帶人家過來……人家卻什麼也辦不到……」

「青山……」

「身體動不了，聲音也出不來……還被老師罵連身體管理都做不好……人家完全無話可說……給訓練班的其他人還有桃子添了麻煩……人家真是糟糕，簡直爛透了……」

七海完全被無法發揮實力的悔恨給擊潰，平常的努力全都化為烏有。今天就只有今天，而今天結束了，只留下未完成的遺憾。

「所有的準備都只為了今天……結果功虧一簣，失去任何意義……人家不是為了這種結果才一直努力到現在的……真的不是這樣……還以為自己能做得更好……本來這麼以為……真是笨蛋……人家真是個笨蛋……」

看著一味責怪自己的七海實在令人難受。光是在旁邊聽她說這些話，就覺得這些話跟悔恨的心情，不斷在身上劃出傷痕。

七海就是這樣傷害自己，不懂其他原諒自己的方法……

那樣實在太悲哀了，真不希望她說努力也沒有意義這種話。

「沒關係啦，青山，妳根本就不用在意我說的話。」

「怎麼可能沒關係！不要這樣……不要講這種話……儘管笑人家是個笨女人唄……不然人家……不就太悲慘了……」

「不准這麼說，也不准這麼想。如果妳是笨蛋，那全世界的人都是笨蛋了。什麼嘛，開什麼玩笑！」

「神田同學……」

空太很清楚七海嚴以待人，對自己更是嚴苛。在校成績優秀，深得老師的信賴，還靠自己打工賺取生活費及訓練班的學費……空太從沒見過這麼獨立的同學。青山七海無疑是個能幹的優等生。

但是空太現在覺得，這些說不定都只是自己誤會了。

七海不管做什麼都很得要領，大部分都能做到超越平均水準，這些一定都是負擔。七海能夠做得這麼好，說不定正是平時如此鞭策自己，並且持續努力得到的成果。

隨便做做就能做得很好的人少之又少。

一切都是因為盡全力做自己想做的事。不想讓其他人挑剔，七海只能扮演堅強的自己。

之前仁曾經說過，他對七海的印象與空太對她的印象不同，一定就是指這回事吧。

不顧父母反對離開大阪的七海，到目前為止的一年半裡，持續奮戰不懈。她只是表面虛張聲勢，不讓別人知道自己有多努力……因為一旦承認自己在逞強，就會無法繼續努力下去了。因為只要允許自己鬆懈一次，以後就有可能允許自己第二次。所以七海只能不依靠任何人，繼續固執下去，為的是不讓自己心中的膽小鬼覺醒過來……

但是這樣的逞強當然不可能一直維持下去。今天七海就輸得完全無話可說。

「青山一直很努力。這點我們都很清楚。」

「為什麼……為什麼要說這種話？你這麼說，人家……就……因為……人家一直……希望有人這麼對人家說……」

七海的眼睛滴下斗大的淚滴。

接著她還說了些什麼，但聲音已經不成語句。她嗚咽著不斷擦拭著眼淚。

空太只是凝視前方，不看她哭泣的臉。車子還在移動著，美咲與真白也不發一語。

想忍住眼淚的七海，將炙熱的手疊在空太的手背上。空太一開始感到驚訝，但身體很奇妙地知道自己該怎麼做。他把手翻過來，包覆七海的手緊緊握住。抱著為她加油的心情，還有像是輕撫她的背安慰著不要緊的情感，希望能將「妳一直都很努力」這句話傳達給她……

七海像個孩子般語塞，有些猶豫地反握回去。她空著的另一隻手不斷拭著淚……

直到抵達櫻花莊之前，空太只是靜靜地聽著七海拚了命想忍住啜泣的聲音。

3

美咲開的車抵達櫻花莊時，七海正靠在空太的肩上疲憊地睡著了。空太小心翼翼地避免吵醒她，將她抱進宿舍裡二樓的房間。

然後苦苦哀求一臉凶惡等待著的千尋幫她換衣服。

之後空太、仁、美咲以及真白四個人，在飯廳裡聽千尋說教了將近兩個小時，主要都是些抱怨。四人被迫聽千尋說著擔任櫻花莊的老師有多麻煩，中途話題還變成最近聯誼的邀約變少了，或是同年級的同學都陸陸續續結婚了之類的，讓人想吐槽老師到底在說什麼。不過，為了表現出有在反省的樣子，還是姑且乖乖地聽了。

後來才知道，之前已經由獨自留在櫻花莊的仁一個人代替空太等人接受了說教，所以只剩下一些可有可無的話題。仁一從千尋的說教獲得解放，就立刻直奔粉領族留美小姐的公寓去了。

七海一直到晚上都還沒醒來，空太每隔一個小時就會到她的房間去，而她仍然在熟睡中。真白則一直坐在旁邊，好說歹說就是不肯離開。

真白大概也有罪惡感吧。

「椎名，去休息吧。已經超過十二點了。」

「沒關係，我要待在這裡。」

「妳要是把身體搞壞了，青山會覺得是自己害的。」

「我沒事的。」

「……我知道了。那麼，青山就拜託妳了。她要是醒了就告訴我。」

「嗯。」

隔天早上，空太因為臉上感覺到小光屁股的溫度而從睡夢中醒來。

「真是糟糕的早晨。」

他起身走出房間，到廁所洗了臉、整理亂翹的頭髮，然後跟要飯吃的七隻貓咪一起來到了飯廳。

仁正在裡面的廚房看著瓦斯爐上一人份大小的砂鍋。他穿著跟昨天一樣的衣服，看來應該是早上才剛回來。

發現空太的仁，簡單地打了聲招呼。

空太邊餵著貓邊探頭看看煮得咕嘟作響的砂鍋。

「那是什麼？」

仁打開砂鍋的蓋子。水蒸氣遮蔽了視線，接著感覺很好吃的鰹魚湯底香味撲鼻而來。

裡頭是很簡單的粥。

「總要讓她吃點東西吧？」

仁這麼說著往二樓望去，接著關掉瓦斯爐火，將砂鍋、湯匙以及放著梅子的小盤子放到木製托盤上遞給空太。

「拿去給她吃吧。我要去睡覺了。」

仁打著呵欠走向自己的房間。

空太甚至來不及阻止他。

沒有其他可以拜託的對象，飯廳裡很遺憾地只剩空太跟貓咪。

空太端起盤子，小心翼翼地爬上樓梯。

來到七海的房間，發現門微微開著。應該是真白忘了關上吧？

開著的門縫裡傳來聲音。

「虎次郎啊……你說人家到底該怎麼辦啊～」

是七海的聲音。

在跟誰講話呢？七海的手機被停用了，那麼就不可能是在講電話。虎次郎到底是誰啊？

『那種事老子哪知道啊？妳自己種下的後果，自己去收拾唄。』

聽來對方也是關西人。

只是空太總覺得這也是七海的聲音。雖然聽來像是男孩子的口氣，但混著感冒的鼻音，錯不了。

「話是這麼說沒錯，可是昨天那個實在太丟臉了……」

『白癡啊妳，蠢蛋。積欠住宿費才比較可恥唄？現在還在講這什麼話啊？』

到底發生了什麼事？

空太實在很好奇，便從門縫探頭往房裡瞧。

「被神田同學看到了難看的哭臉，之後的事就不太記得了。大概連睡臉也被看到了唄？啊～真是的，人家真是白癡……」

『誰叫妳自己這麼不小心就露出睡臉，簡直就像要別人來侵犯妳咩。』

七海身穿睡衣坐在床上。沒看到她說話的對象，只有真白趴在她的腳邊睡覺。

「你、你在說什麼啊！」

『別再說些釣人胃口的話，趕快撲倒就是了咩。』

與七海面對面的是老虎形狀的抱枕。

「那就是虎次郎啊……」

空太一如往常忍不住吐了槽。

「咦？誰、誰在那邊啊！」

「啊～呃～青山，妳醒了嗎？」

「我是已經醒了……」

「我是神田，我打開門囉？」

「嗯、嗯……請進。」

空太留意著不要發出聲音，移動到床邊。

七海把半張臉埋進老虎抱枕，以疑問的眼神看著空太。

「……剛剛的你都聽到了嗎？」

「沒想到抱枕還有聊天的功能。」

七海把整張臉都埋進了抱枕，耳朵跟脖子都紅透了。

然後只將目光望向空太。

「不准告訴任何人喔？」

空太被迫答應。

他老實地點點頭，再說，虎次郎現在可也瞪著自己。不過，照這情況看來，七海應該不是第一次這樣做了吧？

空太想轉移話題，於是把端來的盤子遞過去。

「能吃東西嗎？」

看起來已經比昨天好多了。

「嗯。其實……我肚子餓了。」

這也難怪了，昨天跟前天幾乎都沒吃東西。

「這是神田同學做的？」

「不，是仁學長做的。」

「三鷹學長呢？」

「做完這個以後就推給我，然後去睡覺了。」

空太遞出裝了粥的盤子。但七海只是苦笑著沒打算要接受。

「呃、雖然我實在很想吃……」

空太尋著七海的視線，看到七海被真白雙手握住的右手。

「她好像整晚都握著我的手。」

大概是覺得不好意思吧？七海小聲地說著便低下了頭。說不定她也莫名感到高興。

「雖然完全搞不清楚椎名在想什麼，不過她好像很擔心妳的事，還覺得是自己的責任。」

「其實她大可不必這麼認為。」

「而且，最了解青山的也是椎名。」

「什麼意思？」

「當初如果不是椎名那麼說，我可能就會阻止妳吧。」

「你是指我去訓練班的事？」

「嗯，都發燒成那樣了還用說？不過，椎名說如果是自己絕對會想去，所以想帶妳去。還向我跟仁學長、美咲學姊低頭拜託了呢。因為她很清楚妳有多努力吧……」

「原來是……這樣啊。」

「所以我才改變心意，決定尊重妳自己的意思了。」

「那我要好好感謝她了。雖然發表會糟透了，不過還是慶幸有去參加。如果只是躺在這裡休息，我一定會後悔到死。」

「這樣啊。」

「嗯……椎名同學真的好厲害。堅強到令人討厭的地步，而且還比我更努力……」

可以感覺出七海很不甘心地咬著牙。因為她強烈地感受到自己的努力完全無法跟真白相提並論。

「她每天畫漫畫到很晚……即使告訴她該睡覺了她也聽不進去……」

「我照顧她的時候也是這樣。她一集中注意力就會無視我的存在。」

「不斷重複修改、重畫，從背影就能看出進行得不順利，就算這樣，椎名同學也不會中途放棄。」

「是啊。」

「有時早上去她房間叫她起床時，發現她還在畫耶！還一臉『徹底畫好是理所當然』的表情，實在讓人驚訝。在認識椎名同學以前，我一直以為有才能的人是不用努力的，還誤以為那就是天才。」

「我也是啊。」

「要怎麼樣才追得上她的才能呢？」

答不出來的空太只能保持沉默。不過這倒也好，七海大概並不希望得到答案，而是想著總有一天要自己完成。

「我大概是太急了……本來就不可能那麼容易就變得跟椎名同學一樣。」

七海空著的手輕撫著真白的頭髮，像貓一般喉嚨發出聲音的真白便鬆開手。七海凝視著睽違幾個小時終於獲得解放的右手，那表情就像所有不好的東西都被趕走了般豁然開朗。

「要是讓她這麼擔心，我反而會覺得是自己的責任呢。」

面對七海的喃喃自語，空太總覺得鬆了口氣。因為一直到昨天為止，他都不覺得七海屬於櫻花莊，而現在的七海已經像是一起生活的同伴了。

七海接下空太再度遞出的盤子。

接著說了聲「我開動了」，便用湯匙把粥送進嘴裡。

張著嘴的七海以斜眼看著空太。

「不要一直盯著我看。」

「抱、抱歉。」

空太慌張地將視線轉開。

「看房間也不行。」

空太無可奈何，只好看著趴在七海腳邊的真白。

「也不准看椎名同學的睡臉。」

簡直就是四面楚歌。果然，不管再怎麼虛弱，七海就是七海。這樣比較好，她像這樣握著主導權的感覺剛剛好。

「意思是叫我出去嗎？」

「我沒那樣說，不過如果可以跟我保持一點距離，我會很高興的。」

「真是傷人啊……」

空太離開床鋪，坐到書桌旁的椅子上。

「因為……我還沒洗澡……」

「嗯？妳剛剛說什麼？」

「我是說粥很好吃。」

「那真是太好了，仁學長的料理是很棒的。有食慾應該就不要緊了。多吃點。」

七海視線向上瞪著空太。

「吃太多會胖吧。」

嘴裡雖然這麼說著，七海還是默默地吃著粥。看來肚子真的餓了。

不到十分鐘，砂鍋就見底了。七海吃著飯後的藥，空太則將盤子放在書桌上。

這時背後傳來七海的聲音。

「……對不起。」

「為什麼要道歉啊？」

「我昨天給你們添了很多麻煩吧……上井草學姊幫忙開車，還讓三鷹學長擋下老師……神田同學也是……那個，大家明明那麼擔心我，我卻固執地說自己一個人就可以……結果，卻搞成這個樣子……」

「我是不知道美咲學姊跟仁學長怎麼想，但我並不是為了聽妳說這些，才做那些事或說那些話的。昨天也是一樣。」

「……意思是你不原諒我嗎？」

七海露出失去信心的眼神，看來不知該如何是好。

「不是。沒有什麼原諒不原諒的，我打一開始就不在意這些……」

「我不太懂。」

「我覺得如果什麼事都能自己一個人輕鬆解決實在很帥，而且搞不好也是種成長的方法。不過，每個人總有擅長跟不擅長的事，有的人很閒、有的人很忙，只要認同這一點，找出讓整個櫻花莊變得更好的方式，事情就能順利地進行了不是嗎？」

「……」

七海不發一語，只是直直地看著空太。

「既然大家都在一起，需要的時候就拜託別人吧。不然我會覺得很寂寞的。」

「……嗯。」

「我覺得這樣比較好。」

「神田同學。」

「幹嘛？」

「說這種話不覺得不好意思嗎？我光聽都覺得丟臉得想死了呢。」

「這句話給我藏在心底就好了！」

空太轉開變得通紅的臉，漫無目的地看著窗外，拚命想冷靜下來。對著空太這樣的背影，七海突然開口。

「謝謝。」

空太嚇了一跳轉過頭去，發現七海溫順地微微低著頭。因為這畫面太罕見了，空太忍不住看得出神。

「我是說謝謝你。不要讓我說第二次。」

「喔、喔。」

「什麼啦？」

「青山妳以前是這樣的嗎？」

「真是的……說這種話的神田同學最討厭了。」

七海噘著嘴半開玩笑地鬧起彆扭。該說是空太老實嗎？或者是因為七海顯露出像女孩子的一面，讓空太忍不住心跳加速。

「啊、呃，嗯……沒問題的啦！」

空太想壓抑住內心動搖而出聲大喊，結果卻吵醒了真白。

原本閉著的眼睛大約張開了兩成，看著周圍的狀況。

「咦，七海？」

「早安，椎名同學。」

「妳已經不要緊了嗎？」

「嗯……雖然還有點發燒，不過已經好很多了。」

「這樣啊，那就好。」

「多虧椎名同學了。」

接著，七海又轉頭看著空太，眼神似乎有話要說。

「我有事想跟神田同學商量。」

「嗯？」

七海以斜眼看了真白。光是這樣，空太就大概知道她想說什麼了。

「有關於『負責照顧真白的工作』……抱歉，老實說我無法繼續下去了……九月開始就是第二學期，學校、打工、訓練班……再加上其他打工，實在是忙不過來。」

「我知道了，就由我來做。今天的櫻花莊會議來交接吧。」

「嗯……」

已經不得不這麼做，所以也沒辦法。才剛說要接手，空太就想到一個令人不安的問題。是關於那封信的事，至今還懸在心上。

今後跟真白的接觸越多，就會持續被揮之不去的鬱悶玩弄於股掌之間。

「啊，呃，要我做是無所謂啦，只是有一點點問題……」

「這一點你不用擔心，馬上就會解決了。」

「啥？」

雖然七海瞇起一隻眼睛使了個眼色，但空太完全搞不清楚那是什麼意思。

七海不理會這樣的空太，轉而面向真白。

「那個，椎名同學。」

「什麼事？」

「有關之前那個從英國寫信來的人……」

「亞岱爾嗎？」

「嗯，那位亞岱爾先生，跟椎名同學是什麼關係？」

「等一下！」

空太雖然想插嘴，但已經阻止不了這個話題。

「亞岱爾是繪畫老師啊。」

七海又繼續問道：

「他今年幾歲？」

「七十歲。」

「啊？」

空太口中發出呆愣的聲音。

七海則露出惡作劇般的微笑。她大概之前就知道了吧？

「聽到了吧。這樣問題不就解決了？」

「為、為什麼要對我說啊？」

「誰知道呢？為什麼呢？這樣我們就互不相欠了。」

「我都說了，沒有誰欠誰什麼……話說回來，妳怎麼會知道？」

空太一邊和七海對話，一邊以眼角餘光看著真白，真白則一副覺得不可思議地看著空太。

「只要每天在讀書會上遇到，多少都感覺得出你的樣子怪怪的吧？對照那段時期，就只想得到這個原因囉。」

「妳是偵探啊！」

「就你的反應看來應該是猜對囉。」

「不，不對！不是那樣！」

現在才發現自己這麼說根本就等於承認了，空太拚了命地解釋。

「我可什麼都沒說喔？」

空太完全被耍得團團轉。雖然總覺得很不甘心，不過這也表示七海復活了，所以現在這樣也好。

「椎名，什麼事都沒有喔。」

「我什麼話都沒說啊。」

「喔、喔。說得也是，那就好。嗯，那就好。」

真白歪著頭。

「神田同學好像很在意信的事喔。」

「啊～妳在說什麼啊，青山！」

「空太也想收到信嗎？」

「才沒有！」

「有什麼關係呢？就請她寫給你吧。」

七海的眼中閃著壞心眼的光芒。

「我知道了。下次就寫給你。」

「喔、喔……」

總覺得莫名地累了起來。看來真白完全沒有理解話中真正的意思，雖然現在這樣也好，但想到以後的事就無法率直地感到開心。

真白當然不可能知道空太的心情，像想睡覺的貓咪一樣打了哈欠。

「椎名同學，我已經沒事了，妳回房間休息吧。」

真白凝視著七海。

「什、什麼事？」

「叫我真白。」

「咦？」

「我希望七海叫我的名字。」

「雖然妳本來就是這樣，不過還真是突然啊……」

難怪七海會感到不知所措，因為真白毫無預警就突然說出這種話來。

「不過，嗯，我知道了，真白。反正妳也是一開始就直呼我的名字。」

不知道是不是得寸進尺，真白就靠在七海的床上準備睡覺。

七海的指責當然立刻飆過來。

「回自己的房間去睡！」

這一天，在空太所召集的櫻花莊會議上正式決定「負責照顧真白的工作」交接，新的負責人是神田空太。其他輪班也考量到七海的狀況，調整成改善負擔的新體制。

——「負責照顧真白的工作」由青山七海交接給神田空太，其他的值班請參照值班表。總覺得我的負擔變重了，應該不是我的錯覺吧？書記．神田空太

——如果老是逃避現實，可是無法從夢裡醒過來喔！追加．終究還是回應了會議紀錄的女僕

——神田同學，值班就拜託你了，很多事我感到很抱歉。有件事忘了說，所以就寫在這裡。要是敢對真白亂來，我絕對饒不了你！追加．青山七海

4

七海的身體狀況一天天恢復，到了兩天後的二十四日，她下午就出門去冰淇淋店打工了。雖然還是有些擔心，不過仁說依她的個性應該不會才剛倒下又犯同樣的錯誤，所以空太就相信七海說的「沒問題」，送她出門去了。

接著，一轉眼來到了二十六日，暑假也只剩下一個禮拜。要是被問到有沒有留下美好的回憶，實際上還挺猶豫不知該回答哪一個。

雖然參加企劃甄試的事算是最大的成果，但結果還沒到可以告訴別人的地步。

話說回來，之前被美咲約去吃章魚燒，然後坐上車的結果，居然花了八個小時被帶到大阪

去；或是被約去吃拉麵，結果從羽田飛到了新千歲機場。

「神田，你現在在哪裡？啊？札幌？那晚上就吃螃蟹了，全靠你了。」

打電話來的千尋這麼說了。所以那天是當天來回，在當地拉麵吃到飽，螃蟹更是滿載而歸。如果說出這些例子，大概會讓人退避三舍，還是得當心一點。那次明明是第一次踏上北海道，但實際上停留在札幌的時間大概只有一個小時而已，真是一趟奢侈的旅行。

昨天又被美咲約了要吃什錦拉麵。空太心想這下一定會被帶到長崎，所以很慎重地拒絕了。反倒是自從生病後便減少打工的七海被當成了獻給美咲的活祭品。只是不知為何，當她回來時卻是把氣出在空太身上。

空太想要更普通的回憶。像是去海邊、去爬山、跟女朋友窸窸窣窣……這種才叫健全的夏日活動。

不過因為在櫻花莊裡大家住在一起，就某種意義上來說是經常規劃活動，但總覺得哪裡稍嫌不足。

晚餐前，空太趴在飯廳桌上。真白坐在旁邊，在素描本上畫著草稿。對了，昨天漫畫雜誌的編輯來到了櫻花莊。

好像是來討論，順便看看真白的工作環境。

因為真白經常提到她的名字，所以知道她名叫綾乃，不過對於她的樣貌、聲音以及姓氏都是第一次知道。她的全名是飯田綾乃，是個很適合沉穩笑容的成熟女性。年齡是二十六歲——這可是仁光明正大問到的。身高165公分，三圍是非常棒的88、59、85。仁不知何時已經問到了手機號碼，實在令人驚訝。

「仁學長的腦袋到底是什麼構造？」

「應該可以說滿腦子都是男女赤裸裸互相擁抱的事吧？」

天生的土邦主看來不管做什麼都會被允許。真不知道他哪天會被捅，實在令人感到不安。

真白雜誌連載的草稿進行狀況不甚理想，似乎停滯不前。主要的障礙還是在於缺乏具感情的劇情。應該是被她自己的個性牽累了，她所畫出的故事跟人物總是平淡樸實。

不過在與綾乃討論之後，好像是找到了出口。在空太旁邊以鉛筆在素描本上作畫的真白看來生氣勃勃，流暢地畫著線條，並一頁頁地翻著。

仁在廚房準備晚餐，靠著吧檯的美咲不知正在跟他說些什麼。

櫻花莊一如往常的景象。空太並不討厭這種無意義的時間。

千尋一早就到學校去，預定之後直接去參加聯誼，說是會很晚回來。

七海剛從家庭餐廳打工回來，現在在房間裡。

「仁學長，今天的晚餐吃什麼？」

「我只是處理些剩菜，所以不是什麼大不了的東西。」

就在這種無關緊要的對話當中，七海走進了飯廳。

看到她的那一瞬間，叫人忍不住驚呼出聲。

「喔！」

平常即使在宿舍裡也衣著整齊的七海，現在穿著運動服，甚至戴著眼鏡。

所有人的視線與疑問，還有驚訝全集中在七海身上。她正式地低下頭。

「雖然已經過了一陣子，不過真是給大家添許多麻煩了。」

抬起頭來的七海有些不好意思，目光不住游移。

「神田同學請不要一直盯著我看。」

「為什麼只說我！」

「原來青山同學平常是戴隱形眼鏡啊。」

從廚房走出來的仁正準備若無其事地把手搭在七海肩上，但已經事先察覺的七海以不著痕跡的動作避開了。

「小七海真是一板一眼呢～不過，我也喜歡戴眼鏡的小七海喔～～」

這次則是美咲撲向她的胸前，躲避不及而被抓到的七海被撲倒在地。

「學姊！請、請不要這樣！熱死人了！」

「同樣是女孩子有什麼關係嘛～」

美咲毫不在意地把臉埋進七海胸前。

「不、不行！男孩子也在看啊！」

「接下來的要到房裡繼續？還是到浴室？」

「請妳有點分寸！」

好不容易掙脫美咲的七海已是氣喘吁吁。相較之下，美咲則依然活蹦亂跳。真不愧是靠宇宙的能量活動的外星人，身體的構造就是不一樣。

「正好機會難得，今天就來辦歡迎會吧。」

仁想到了好點子，看著在場所有人。

說來七海的歡迎會確實還一直延宕著。

「啊，我贊成～！太棒了，真不愧是仁！真是好主意！既然都這樣決定了，那就那個吧！我已經準備好某樣東西了！正引領期盼小七海的復活！這一天終於來臨了！就等這一天！」

美咲剛說完，就以一如往常無視周圍的亢奮情緒直衝二樓。天花板上傳來腳步聲，緊接著，腳步聲很快又回到一樓。

再次出現的美咲揹著聖誕老公公的袋子，把袋子裡的東西全倒在餐桌上。

出現的是一座色彩繽紛的泳衣小山，至少有三十件左右。

「召開歡迎小七海的游泳大會囉～！」

「學姊，妳在說什麼？」

「你們仔細想想嘛！我們整個暑假都沒去海邊也沒去游泳池耶？像這種乾巴巴的暑假怎麼能叫暑假！沒錯吧？就是說啊～～！就是說啊～～！」

「啊，是啊……妳說的對。」

七海目瞪口呆地全身僵硬。仁翻著泳衣，不為所動地任意說著哪一件適合誰之類的話。當然，真白沒有任何反應。

「要舉辦游泳大會是無所謂，可是現在已經六點了喔？應該沒有游泳池還在營業的吧。」

已經復活的七海冷靜地吐槽。

「學校有啊。」

「喂！妳該不會打算現在偷偷潛入學校吧？」

「好了，好了，學弟跟小七海都趕快準備吧！」

「偷偷潛入學校絕對不行！我不認同違反校規的事！」

七海乾脆地拒絕。

「就是說啊！」

空太也緊咬不放。

「汪洋大海正在呼喚著我！學弟也想看吧！像是我穿泳衣的樣子或是小七海穿泳衣的樣

子！還有小真白穿泳衣的樣子！」

這確實是還滿想看的。

「神田同學，不要想些有的沒的！」

七海手指著空太發動攻擊。

「不要搞錯戰鬥對象了！這樣會被美咲學姊牽著鼻子走喔！」

七海聽了驚覺而回過神來。

「就、就是說啊！學校的泳池不行！」

這時，仁也跳下來支持美咲。

「沒問題的，聯絡學校獲得同意就好了。只要透過千尋，應該就會准許吧。」

「咦？真的嗎？」

「只要說出個理由，再亂來的事她都還能接受。」

「可、可是……請、請等一下！我沒有泳衣。」

「選件自己喜歡的就好了啊？這件如何？」

美咲開心地拿起比基尼，打算放在七海身上。

「不、不可能的！我沒辦法穿這麼露的！」

「這一件可能比較適合小七海！」

美咲拿出一件剪裁更加危險的泳衣。

「這、這邊這件就可以了！」

七海大概想自己選想穿的泳衣，結果選了兩截式的泳衣，輕易就答應了要去泳池的事。

「咦～那麼樸素的泳衣不夠性感啦，小七海！難得要讓學弟看，當然要選更火辣的！要是不讓他把視線緊盯著妳不放可是會後悔莫及的喔～～」

「神田同學跟三鷹學長請出去！這、這樣我就會好好挑選。」

七海完全被美咲說服了。

「小真白也是，趕快選，趕快選。來來來！」

看不出真白到底有沒有興趣，她面無表情地拿起泳衣，緊接著說出駭人的話。

「空太，幫我挑吧。」

「椎名妳想要我死嗎！」

選泳衣這種事實在太令人害羞了，做得到才有鬼。

「那麼，三十分鐘後在玄關集合。」

仁揮著手走出了飯廳。對著他的背影，美咲似乎有話想說。

美咲大概是希望仁幫她挑選泳衣吧。

空太想擺脫混亂的情緒，而往仁後頭追去。

他在房前叫住了仁。

「仁學長。」

「嗯？」

「你說可以得到進泳池的許可是騙人的吧？如果是老師陪同一般學生或許還有可能，但是這裡是櫻花莊。」

「你居然會知道。」

「託你的福，我也已經完全融入這裡了。可是，這樣青山會生氣的喔。因為那傢伙一板一眼的，我覺得這種事一定行不通。」

「沒辦法啊？如果不那麼說，她就不會來吧。隨意一點會比較輕鬆。」

「也許是這樣沒錯……但請自己負起責任喔。」

「你在說什麼啊？我們是共犯吧？」

空太正覺得糟糕時已經太遲了。

「拜託你啦，夥伴。」

一邊後悔說了不該說的話，空太一邊努力回想去年買的泳褲到底收到哪裡去了。

遠超過仁所指定的三十分鐘，大約過了一個鐘頭，空太、仁、真白、美咲以及七海五人穿著制服在玄關集合。遲到的原因似乎是女孩們需要準備很多東西。

穿著制服是因為七海堅持的緣故——就算是暑假，到學校去就該穿制服。雖然根本不知道有這項規定，但是一翻開學生手冊，校規裡確實這麼寫著。

到達學校時已經超過七點半，太陽下山、天也黑了。即使如此，白天的炎熱絲毫沒有緩和下來，現在依然相當悶熱。想趕快跳進泳池的美咲，在路上已經蠢蠢欲動。

穿過關閉的後門進入學校。

「真的已經獲得許可了嗎？」

七海以懷疑的眼神看過來。

「空太已經聯絡過，獲得同意了。」

「是啊，那當然。」

仁完全打算把空太拖下水。

「那就好。」

游泳池在體育館的側邊，必須經過校舍才能到那裡去。入口當然上了鎖，空太便先爬過圍牆從裡面打開門。

首先衝進來的美咲在泳池邊奔跑著脫掉制服，露出鮮紅的比基尼之後，不由分說便第一個跳下水。空太也是如此，所有人都把泳衣穿在制服裡面。

「上井草學姊！至少先做個暖身運動吧！」

七海站在跳水台前說著理所當然的話。

這時美咲緩緩地靠了過來。

「青山，妳最好離那邊遠一點。」

空太的忠告還沒說完，美咲就朝穿著制服的七海噴水。臉部直接受到攻擊的七海，抓起旁邊的浮板，像擲迴旋鏢般朝美咲丟去。

浮板被美咲空手奪白刃地接下來了。

「妳還太嫩了，小七海！想擊中我，妳還早了十年～！」

「請不要忘了妳現在說的話。」

七海將手伸向制服釦子，這時視線與空太對上，結果她什麼也沒說就逃往更衣室去了。

「我的存在真的這麼不應該嗎？這樣啊……」

相較之下，真白毫不在意地解開釦子。不過與空太眼神對上之後，手就停住了。她思考了一下子，便跟著七海逃到更衣室去了。

仁還穿著制服，在泳池畔放著從櫻花莊帶來的卡式爐，開始準備火鍋。

不知道為什麼，櫻花莊的歡迎會照慣例都是吃火鍋。似乎是有這樣的傳統。

空太知道美咲正在泳池裡瞄準自己，便迅速地脫掉上衣跟褲子，他可不想穿著衣服被弄得溼答答的。

但美咲已經從泳池裡潑水過來。空太拿出捲成圈狀的水管，在泳池邊應戰。

「吃我這一記，外星人！地球絕不會交給妳！」

「什麼！看我用浮板攔截！」

美咲丟出的浮板，正好擊中空太的額頭。空太當場蹲了下來。

就在這時，七海從更衣室走了出來。

她穿著藍、白各半的比基尼，下半身有兩層，特徵是裡頭還有條小短褲。

七海用手遮住肚臍一帶，站在稍遠處。

「怎、怎麼……樣？」

「……」

「算了！你還是不要說好了！」

七海將手掌向著空太，別過頭去。

「我覺得很好看，很適合妳。」

「真、真的嗎？」

「嗯、嗯。」

「不、不過，不是像上井草學姊那麼大膽的……不對，穿這樣已經是人家的極限了。人家是第一次穿成這樣，還怕如果穿起來很怪要怎麼辦咧……」

「不，真的很適合……話說妳的關西腔跑出來了喔？」

雖然空太也覺得很不好意思，不過多虧七海整個人動搖到一個不行，所以反而很神奇地冷靜了下來。

「這樣嗎……那就好。」

七海放心地鬆了口氣。

「不過，覺得有點意外。」

「嗯？」

「沒想到神田同學是會說這種話的人。」

「咦？不，那個……很奇怪嗎？」

空太想靠近點說話時，七海就跟著退開，始終保持同樣的距離。

「……為什麼要逃跑？」

「不、不可以太靠近看。」

兩人之間的距離大約是五公尺。

「就我而言，隔著這個微妙的距離說話才會覺得不好意思。」

「那、那你要答應我！」

「答應什麼？」

七海看著正浮在游泳池中央的美咲。

「不可以做比較，絕對不可以喔？」

「知道了啦。」

「還有，就是不要一直盯著我看。」

結果空太雖然走到七海的身旁，但在該說的話都說完之後，兩人之間只剩下沉默。

「你、你也說點話吧。」

「妳這麼說我也……」

穿著泳衣站在身旁的七海，總覺得有些坐立不安地飄移著視線。

「那個……真的適合我嗎？」

「喔、嗯。」

空太這麼說著，這時他發現自己的左手有被拉扯的感覺。

原來是稍晚才從更衣室走出來的真白。

她直盯著空太的眼睛。

真白的泳衣是白底橘格紋的比基尼。跟美咲與七海不同的是，她的下半身連著同樣花色的小襯裙。

比起泳衣的設計，更壓倒性引人注目的是她雪白的肌膚。即使在微光下，她的皮膚依然明顯地相當白皙。

她不發一語，只是以不帶任何感情的雙眼，神祕地看著空太。

「椎名，妳都準備好了啊？」

「嗯。」

真白在空太眼前轉圈。

「有沒有哪裡很怪？」

「不、不……沒有。」

對真白突如其來的舉動，空太膽怯了起來。她給人的感覺跟平常不同，不單是因為泳衣的關係，或許是少了畫漫畫時的集中力，現在的真白看來就跟一般到游泳池玩的女高中生沒兩樣。她看來很開心似的，表情也很開朗。

這種平凡的感覺抓住了空太的心。總覺得再繼續看著就會喪失理性，於是空太慌張地將目光別開。沒想到真白卻繞到轉開臉的空太面前。

「幹、幹嘛啊？」

「……」

她只是沉默地直盯著空太。

「有事就說啊。」

「……」

真白一點一點地逼近過來。

「笨、笨蛋，不要靠太近！」

空太仰著身體想要閃開。真白挺出上半身，胸前的雙峰碰到了空太。空太這時感覺到一股搖頭晃腦的彈力，差點要發出慘叫聲。好不容易將慘叫吞了回去，假裝打嗝地蒙混過去，然後再度保持距離。但是，危機尚未解除。

「妳幹、幹嘛啦！在耍我嗎！」

這次她看似不滿地用雙手抓住空太的手。

「你明明就稱讚七海了。」

「咦？」

「……空太是笨蛋。」

說完便低著頭。這說不定是真白第一次表現出這種態度。

「淨說些莫名其妙的話，還罵我是笨蛋，到底是怎麼回事？真是的，就算沒常識也該有限度。妳的腦袋到底是怎麼一回事啊？雖然泳衣看起來很適合……」

這時空太覺得抬起頭來的真白眼神，彷彿表示要自己再說一次。

「很適合妳。是的。這樣可以了嗎?」

空太覺得丟臉到現在就想立刻逃出去。他看著七海以尋求協助,但七海正以冷漠的眼神看著空太。看來她實在不可能成為救世主。

在泳池邊說著這些話的空太,已經把最應該要注意的人拋諸腦後。七海也是如此,而真白本來就沒有警戒心。

所以當背後突然傳來聲音,然後立刻被推下泳池時,空太打從心底感到驚訝。

「真是的~難得來到游泳池,怎麼可以不游泳呢!這是游泳池的常識!」

「學姊沒資格說常識這種話!」

首先將頭探出水面的空太向美咲抱怨著。他們三人剛剛一起被推下水了。

「咦、喂!椎名?」

七海已經探出頭來,卻不見真白的蹤影。

想都不用想,那個椎名真白當然不可能會游泳。空太立刻從水中將真白打撈起來。

他扶著真白的雙手,讓她站起來。

空太的視線突然被真白的胸部吸引。形狀優美的雙峰,在水面上露出北半球。

「椎名,妳的泳衣掉了!」

真白以緩慢的動作往下看。

「……………」

大約過了兩秒的沉默，抬起頭來的真白緊咬嘴唇，像在忍耐什麼似地全身顫抖。

「不要看。」

她這麼說著，以雙手摀住空太的眼睛。

視野突然被遮住的空太理所當然地慌張了起來。

「笨、笨蛋！要遮就遮自己的胸部！」

「啊～真是的，到底在幹什麼啊？神田同學！」

後面傳來七海的聲音。

「不是我！絕對不是我的錯！」

「好了、好了，不要亂動！真白也是，我現在幫妳穿好。」

「嗯。」

「神田同學，如果你從指縫偷看就戳瞎你的眼睛。」

「我沒偷看！眼睛也閉得好好的！」

「真的嗎？」

「趕快把泳衣穿好！」

「其實已經穿好了。」

「那就快把手放開！」

聽到這句話，真白便將手放開了。

空太小心謹慎地張開眼睛。眼前用雙手遮住胸部的真白正癟著嘴氣呼呼的。

「這是意外。」

「男孩子真是下流啊。」

七海代替她責備空太。

「如果我真要看，也是看美咲學姊啊！」

剛這麼說完，美咲就從水中襲擊而來。她打算脫掉空太的泳褲。空太拚了命掙扎，好不容易才逃脫。

「學姊想對我做什麼！」

「說到游泳大會，當然就是要走光啦！沒有走光！就沒有人生！」

「要說走光，剛剛椎名已經做過啦！」

空太偷瞄了真白一眼，發現她看來好像心情不好。也許是剛剛說了什麼不恰當的話。

「空太喜歡美咲啊？」

「不要說那種會讓人誤解的話。」

「也會看我嗎？」

「有啊，一直在看。」

空太開始賭氣，直盯著真白看。

結果，真白把水往他臉上潑了過來。

「看得太超過就不行。」

「那我到底要怎麼做啊！」

這時火鍋已經煮好，剛好救了空太一命，所有人都爬上池畔。而空太始終感受到真白不滿的視線。

在火鍋旁邊果然會熱。雖然不斷冒汗，但是只要等一下跳進池子裡就好了。一開始覺得這樣做很沒常識的七海，回過神來也成了鍋奉行（註：吃火鍋時喜歡自顧自地幫忙加菜、調配佐料或分配食物的人），碎碎念著多吃點菜、火太大了，或者叫真白不可以挑食。

像這樣五個人一起吃，火鍋很快就見底了，只剩下最後的雜燴粥。正當大家在等著粥煮好時，從圍牆外頭照進了手電筒的光。

「你們在那邊做什麼！」

「啊、糟了！」

最早反應的是仁。所有人的目光朝向拿著手電筒的警衛。美咲立刻站起來收拾東西；空太也在腦海中確認逃跑的步驟。警衛所在的地方是泳池入口的另一側，這樣就逃得掉了。

「咦？可是，三鷹學長說已經取得許可了。」

只有還沒搞清楚狀況的七海這麼說了。

「哈哈，學校怎麼可能會同意那種事。因為如果不那樣說，就沒機會拜見青山同學穿泳衣的樣子啦。」

爽朗地揭開謊言的仁，關掉爐子的火，大叫「快逃跑」便衝了出去。

跑在前面的美咲從入口飛奔出去。追在後面的仁，把自己的毛巾披在美咲肩上。

「快跑！」

空太撿起東西後，呼喚呆站著的七海，並且抓起真白的手跑了起來。

「雜燴粥呢？」

「那種東西帶著跑會燙傷的！」

「我很想吃耶。」

「啊～～真是搞什麼啊！我還以為三鷹學長是比較正經一點的人！」

跑到前面的七海開始大罵。

空太等人離開泳池跑向校舍。警衛的反應也相當快，已經繞到後面來了。問題在於真白，她跑得實在太慢了。因為幾乎是空太拖著她跑，所以這倒也理所當然。

「妳也多少自己跑一下！」

「為什麼？」

「我才希望有人來告訴我為什麼妳會搞不懂！」

這樣下去會被追上。轉頭看著大家的仁以眼神示意：

「躲到倉庫的縫隙裡。」

大家遵從仁的指示，爭先恐後地躲進像夾層的水泥牆之間，依序是美咲、仁、七海、空太，接著是真白。

「美咲！再往裡面進去一點！別擠我！」

「沒辦法啦！胸部跟屁股都碰到了。」

先躲進去的仁跟美咲爭執著，但空太已經沒有閒工夫去注意那邊了。就像仁跟美咲緊緊貼合一樣，空太也被真白及七海夾成了三明治。

雖然是令人高興的意外，但在身體完全動彈不得的狀態下，這簡直就是地獄。

「神、神田同學，你靠太近了。不要一直貼過來。」

「妳跟我說這也沒用，不要推了，椎名！」

「被發現也沒關係嗎？」

「妳說這話我能理解，可是妳、妳碰到我的背了！」

透過泳衣感覺到令人幸福的雙峰，滑嫩的肌膚也摩蹭著。

「安靜點，腳步聲過來了。」

手電筒的光靠近腳邊，五人屏住呼吸，等待警衛通過。現場飄盪著奇特的緊張感。接著，腳步聲過去，可以感覺到警衛很快地走遠了。

「走了嗎？」

「好像是。」

眾人鬆了口氣。但緊接著七海發出了緊繃的聲音。

「神、神田同學。」

「幹、幹嘛啊？」

「我總覺得有東西頂到我的肚子……這、這是？」

「有什麼辦法！在這種情況下要我不准有反應才不合理吧？我是男孩子！請原諒正處於思春期的人吧！」

「喂！安靜點。警衛回來了。」

「可、可是，那、那個……這、這個……」

七海一副馬上就要發出尖叫的氣勢。

「等一下妳再揍我好了。所以，請冷靜一點，青山小姐。」

「我、我、我很冷靜。神、神田同學也趕快平靜下來。」

「那是不可能的。我無能為力……應該說，我也很辛苦啊！」

「需要幫忙嗎？」

真白在後面低聲耳語。

「還說幫忙……妳想做什麼啊！」

「做空太希望我做的事。」

空太忍不住做了有的沒的邪惡的妄想。

「沒什麼希望我做的事嗎？」

「算我拜託妳，不要再刺激我的血壓了！」

「神田同學，安靜一點！」

空太慌張地閉上嘴，聽得見七海與真白的呼吸聲。她們的心跳傳達到自己的胸口與背部，而自己的心跳也一次比一次更清楚。

大約一分鐘的沉默彷彿是永遠。警衛自言自語「真奇怪」，一邊走回泳池的方向。

「好，似乎已經走了。趁現在趕快離開吧。」

五人一個接一個沉默地從牆壁間脫身。

「真是好慘……」

「那是我的台詞！因、因為，那個是、神田同學的……那、那個……」

七海已經語無倫次到令人同情的地步。

「雖然很可惜，不過今天只能到此為止了。」

空太跟七海對仁所說的話點點頭。美咲雖然還一副玩不過癮的樣子，但被仁催促著換上衣服後，便老實地點了點頭。

「衣服要在哪裡換？」

折返回泳池的更衣室太危險了。而這裡是校舍裡面，上了鎖的倉庫也進不去。

「女孩子們到倉庫後面，我跟空太在這裡就行了。」

「在、在外面嗎？」

「這麼暗看不清楚的。」

「不是這個問題！」

「如果妳想穿著泳衣直接回宿舍，我倒也不會阻止妳。」

仁壞心眼地說著這種話。

「嗚。」

七海發出呻吟，正準備走向倉庫後面，中途又轉過頭來直盯著空太一再叮嚀：

「絕、絕對不可以看喔？」

「妳把我當什麼啦？」

「嗯，大概是發情的雄性動物吧。畢竟到剛剛為止……啊，現在也還是嗎？」

七海滿臉通紅地低著頭。

「仁學長不要再火上加油了！你看青山都快哭了不是嗎？」

「我才沒哭。」

「我是說快哭了。」

無視於周圍的氣氛，真白拉了空太的手臂。

「空太，內褲呢？」

「妳果然忘了帶來嗎？」

因為大家是穿著泳衣離開櫻花莊的，所以空太預料到會有這種事，還好也一起帶過來了。

他從包包裡掏出毛巾跟內褲遞給真白，但不知為何卻被七海瞪了。

「好了、好了，趕快換衣服吧。要是警衛又過來就麻煩了。」

仁這麼催促著，七海便心不甘情不願地消失在倉庫後面。

「你要是偷看，我會把你修理到喪失記憶喔。」

「我知道啦。」

趁著女孩子們到倉庫後面去的時候，空太也迅速地換了衣服。

率先換好衣服走出來的是美咲。接著，真白也走了出來，只是她的頭髮濕漉漉的，現在還滴著水。

空太把毛巾放在走過來的真白頭上，使勁地幫她擦乾，就跟幫貓洗完澡擦乾時沒兩樣。

「妳也自己處理一下嘛。」

「就、就是說啊，真白實在太不設防了。」

最後走出來的七海，一臉鬧脾氣的模樣。

姿勢也有些不自然，壓著裙襬、腳還有些內八，故意踩著很難走路的步伐。

「青山，妳那個奇怪的走路姿勢是怎樣？」

「哪、哪有，明明就很普通啊？」

她的音調明顯地提高了。

這時，一陣彷彿要攀上校舍牆壁的強風吹來。

「哇！」

七海死命壓住裙子的前面跟後面。

「妳還好吧？」

「那、那當然。」

「大概是因為穿著泳衣來，所以青山同學也忘了帶內褲吧。」

仁一副覺得很有趣的樣子這麼說了。

「才、才不是！怎麼可能會有這種事！」

「那就不要把泳衣脫掉就好了。」

「我本來也這麼想，可是衣服下面穿著濕的泳衣感覺很不舒服……不、才沒有！我才沒有忘了帶！」

「小七海，沒有內褲！就沒有人生！」

「被虧了喔，青山。」

「要你管！」

這時手電筒的燈光一閃而過，繞完校舍一周的警衛又回來了。

「啊，糟了。」

「趕快逃～！」

美咲又第一個衝了出去，仁緊貼在她背後。

「不、不行！絕對不行！如果在這種狀態下跑的話……」

「不逃跑會更慘的！」

空太拉住七海的手，但七海仍然在意著裙子的事，一動也不動。

「妳不會想在沒穿內褲的狀態下被說教吧！」

「那、那當然！我巴不得趕快穿上內褲！不對，不要一直喊著沒穿內褲、沒穿內褲的！」

七海終於跑了起來。空太抓住呆立著的真白的手，追著七海的背影。

「不、不行！神田同學，前面！你跑前面！」

「這麼暗看不到的啦。」

「這是感覺的問題！」

七海看起來真的快哭出來了，空太無奈只好追過七海。話雖如此，也不能拋下擔心裙子而無法好好跑的七海不管。

「椎名，妳先跑。」

他抓住真白的手想讓她走在前面。沒想到真白卻一副很在意衣襬的樣子搖搖頭。

「空太好色。」

「連妳也在瞎起鬨些什麼啊！」

「不可以回頭。」

「好、好。」

無可奈何之下，三人只好以空太在前，接著是真白、七海的順序奔跑著。

眾人穿過運動場跑向正門，這大概是美咲嗅出了後門現在警備森嚴，而她的預測也漂亮地命中，正門旁現在沒有警衛。

穿過美咲與仁打開的縫隙，空太、真白以及七海三人也成功地逃出來。即使是警衛也應該不會追到校外來吧。

不過還是必須繼續往前逃離一段距離比較安全。

三人立刻追上了放慢速度的美咲與仁。

「空太，我累了。」

「自己跑！」

「就是說啊，真白應該多靠自己處理自己的事。」

「七海也忘了帶內褲啊。」

「什麼！」

「啊～妳們別吵了！」

「總覺得越來越有趣了呢，空太。」

仁一臉幸福的表情嘲弄著空太。

「我一點都不覺得有趣！」

五人逃到位於學校與櫻花莊之間的兒童公園停了下來。

「真是令人興高采烈、心蹦蹦跳的大冒險呢！就是這樣才難以罷手啊！」

「請不要再做這種事了！」

用手壓著裙子的七海這麼說道。

「我一輩子都忘不了今天的事喔。總覺得開始了解了，把小七海沒穿內褲衝刺的故事流傳到後世就是我的使命～」

「請現在馬上忘了這件事！神田同學和三鷹學長也不要竊笑！」

空太聽了收斂起竊笑，仁則笑得更賊了。

「有夠糟……如果這種事被別人知道，我也活不下去了……」

「只不過是沒穿內褲衝刺，不用太在意。」

「不要亂取奇怪的名字！」

「我覺得就像空太所說的，只要繼續待在櫻花莊，這種事就會繼續不斷發生。」

七海裝作沒聽到這些話，自顧自地往前走，看來是連話都不想說了。不過她似乎是立刻發現現在是上坡，便轉過頭快速地折返回來。

「神田同學跟三鷹學長走前面！」

「好、好。」

仁大步往前走，空太則跟在旁邊。

後面以美咲為中心，三個女孩不知道正在聊些什麼。

仁仰望天空，空太也跟著看著星星。

無盡遙遠的光亮。

即使伸出手也碰觸不到。

正因如此，所以美麗的星空有時才會這麼觸動人心吧。

「我們能走到哪裡呢？」

仁喃喃說道。

「我們哪裡都走得到。」

「口氣還真大啊。」

「我覺得只要待在櫻花莊裡就是這樣。」

仁把手放在空太的頭上。

「是啊。」

「那個～你們在聊什麼？」

插進空太與仁之間的美咲，用了全身重量攬住兩人的手。

「正在聊明天要做些什麼。」

「啊～如果是這樣～」

在返回櫻花莊的路上，美咲發表著立案的暑假清倉計畫。雖然顯然跟特賣無關，不過並沒有人吐槽。

像是環遊世界一周，這種事多半是不可能，但即使是癡心妄想的夢話，也沒有任何一個人說出無聊、太勉強或是不可能辦到之類掃興的話。因為大家都覺得如果能一起做到就太好了。

聽美咲說著這些事，就像沉浸在夢境一般。

只是這個夢在抵達櫻花莊的同時也隨之化為泡沫。

「神田同學，好像有你的信。」

打開信箱的七海將信件遞給空太。空太鮮少收到郵件，立刻發覺應該是「來做遊戲吧」的結果通知。

他以顫抖的手接了過來，急急忙忙踏上玄關，打開了飯廳的電燈。

撕開信封打開來看。

裡頭是一張折成三折的紙，空太以為是落選通知。身體自然反應吱嘎作響，帶著有些放棄的心情，隨意地拆開了信。

——教我戀愛

橫式信紙的正中央，只有這麼一行字。

空太完全搞不清楚發生了什麼事。不，要說可能的線索只有一個。之前真白曾說過要寫信給他，就是這個。

空太感到全身無力，但也不覺得生氣。

這時七海晚了一些走了過來。

「神田同學。」

「什麼事？」

「還有一封。」

信封上寫著主辦「來做遊戲吧」的遊戲公司名稱。薄薄的紙突然變得沉重。

這次空太則是很慎重地打開來。

——神田空太先生您好，謹敬祝您身體健康。感謝您參加本次敝公司所主辦的遊戲企劃甄試活動「來做遊戲吧」。敝公司已拜見您參賽的書面資料，希望您能夠在發表會議上，針對個人的企劃內容進行更詳細的說明。因此，要勞煩您在百忙之中抽空於以下的時間，前來指定的地點。

謹啟。

會議的日期是八月三十一日星期二，下午一點開始。公司地圖、交通方式，以及會議當日現場將會準備電腦及軟體等事宜，都簡潔地寫在上頭。

空太從頭到尾又讀過一次。錯不了，已經通過第一次審查了。

原來感受不到的真實感，突然從全身竄湧上來。思考跟理性全都不存在，空太只是本能地發出吶喊。

「太棒了～～！」

就在旁邊的七海嚇了一跳，發出微小的驚呼聲。美咲與仁則非常感興趣地探頭看著信。

「喔～～學弟辦到了耶！」

「多虧學姊幫忙。」

他與美咲緊緊地握住手。

「為了表示祝賀，小七海說要啾一下！」

「才、才不要！」

「是臉頰喔？」

「這不是親哪裡的問題！」

「被甩了呢，空太。」

「就是說啊……」

「為、為什麼要那麼沮喪啊！」

「因為妳實在回答得太乾脆了，才會覺得原來妳這麼討厭我……」

「不是啦。我沒有討厭你，只是、那個……」

「沒關係啦。仔細想想，我邀請妳來櫻花莊住，就給妳添了這麼多麻煩，甚至還讓妳留下了沒穿內褲衝刺這種人生污點。」

「真是的，趕快忘了這件事！啊、這麼說來，我還沒……」

七海倉皇地從飯廳消失了。看來是回房間穿內褲了吧。

話說回來，真白也不在。

「椎名呢？」

「不知道？應該是回房間去了吧？」

「這樣啊……」

突然間覺得開心好像少了一半。

也許是在內心的某處，擅自認為真白也會替自己感到高興吧。

他再次確認了真白寫的信。

寫在上面的只有一行字。

——教我戀愛

現在的空太實在無法仔細思考，究竟該怎麼解讀這句話。

櫻花莊的寵物女孩

第四章
來放個超大煙火吧

1

身體好沉重。因為昨晚被美咲以慶祝通過書面審查為由弄得暈頭轉向，中途多虧仁的解救，好不容易才免於通宵。不過空太上床時已經接近天亮時分。

以附近小學生出門做收音機體操的音樂為催眠曲，空太進入了夢鄉。

不知道過了多久。

意識又甦醒過來是因為身體感覺到重量。真的很重。肚子受到壓迫，胸口快喘不過氣來。

這一定就是發表企劃的沉重壓力，所剩的時間越來越少。今天已經是二十七日，準備時間只剩下四天，不知道能不能做好。話說回來，不知道發表企劃到底該做些什麼。

這些全都是未知的世界，不過總覺得不會有問題。畢竟已經通過書面審查了，應該可以對自己的創意抱著自信。審查的人也說了希望能知道更詳細的內容，而且這還是空太的處女作。

說不定自己有這個才能；說不定就是這樣。搞不好企劃會突然被採用，然後開始製作成遊戲，也有可能就這樣大賣。

所以，根本不需要感到有壓力。

即使打從心底這麼覺得，身體卻完全沒有變得比較輕鬆。

相反地，沉重的感覺越來越真實。又是貓咪的傑作吧？空太內心這麼想著，腦中灰靄不明的部分逐漸放晴，自覺已經逐漸醒過來了。這時除了重量以外，皮膚還感覺到溫度以及彈力。

肚子上沉甸甸的重量，碰觸到的部位有著濕濕的熱度。這全都是些具體的東西，到底是誰說這是發表會議所造成的壓力……

空太打算揭開重量的真面目，緩緩地睜開眼。

不帶任何感情的雙眼俯看著空太。這個人穿著睡衣，跨坐在空太的肚子上。拿著畫筆的手，正朝向空太的額頭，只差一點筆尖就要碰到了。

「這是夢嗎？」

「早安。」

「告訴我這是夢！」

「這是夢。」

「如果是夢就快點醒過來！」

真白彈了一下空太的額頭，清脆的聲音響遍整個房間。過了一秒，空太開始感覺到灼熱的疼痛。

「我做了什麼該被妳打的事嗎？啊？是哪裡不對了！」

「面對現實。」

「我已經面對了！一醒來就被２０２號室的椎名真白跨坐在身上，真是悽慘得很！話說回來，妳在做什麼啊！為什麼？怎麼回事？妳這筆又是做什麼用的？」

「正想塗鴉。」

「為什麼啊！」

令人無法理解也該有個限度。

「都是空太害的，讓我陷入這種情緒……」

真白手撫著胸口，把視線別開。眼角微微下垂，臉上帶著不安的表情。

「從昨天開始，這裡就感覺怪怪的。」

是因為游泳池吧？這麼說來，那時一下子叫空太看，一下子又叫空太不要看，真白的樣子的確有些怪怪的。

「怎麼樣怪怪的？」

「一想到空太的事……」

「咦！我？」

「嗯，空太。」

「然、然後呢？一想到我的事？」

「就覺得心情非常煩躁。」

「居然當著我的面講這種話！」

就因為這樣，所以一早就拿個畫筆來想要在人家臉上塗鴉嗎？就道理上是說得通，但完全搞不清楚為什麼。她抒發煩躁的方式也太奇怪了。

「比平常還要讓人摸不著頭緒！就像糖醋排骨裡的鳳梨一樣讓人莫名其妙！我說，妳差不多該放開我了吧？」

大概是不滿情緒還未獲得紓解，真白一副無法釋懷的樣子抬起身體。這時要是亂動可能會引起意外事件，所以空太就乖乖地等真白移開。

站起身的真白由高處看著空太。

「坐著。」

「好、好。」

空太盤腿坐著。

「正坐。」

「可以告訴我為什麼嗎？」

真白的眉毛抽動了一下。總覺得她的表情比平常更嚴厲……不，也許只是自己多心了……

不，好像真的有比較嚴厲……

「你不知道嗎？」

真白一副鬧彆扭的口氣。

「妳肚子餓了？」

結果真白鼓起了臉頰。看來她應該正在生氣。

真白從空太桌上拿起企劃書遞給空太。

「這怎麼了嗎？」

「沒有告訴我。」

正坐著的真白，率直的眼神凝視著空太。

「我都不知道。」

「是……這樣嗎？」

空太回溯記憶，發現確實沒有讓真白看過企劃書的印象。從來沒告訴她進度的狀況，也沒找她商量。

只有之前曾說要參加企劃甄選而已。不，那算不算是告訴她可能還有待商榷。畢竟那只是空太自己在說話而已，不能保證真白有聽進去。

這時空太終於明白了，但他歪著頭，還是想不出來真白不高興的原因。

真白指著企劃書的圖。

「美咲的畫。」

「我拜託她幫我畫的。」

「沒有告訴我。」

「因為美咲學姊對電玩比較了解，椎名妳又似乎忙著畫草稿，所以就覺得如果拜託妳可能會給妳添麻煩。」

「我不覺得空太是麻煩。」

「這、這樣啊。」

「嗯。」

真白依然嘛著嘴生氣。她生氣的樣子還是很可愛，讓人不知該如何是好。

「妳想畫嗎？」

真白明確地點點頭。

「我就是繪畫。」

「說的也是……說的也是。」

——我就是繪畫。

真白擁有可以說得這麼斬釘截鐵的才能，真的很厲害。這正表示真白很了解自己。

——那你呢？

如果被這麼問了，空太會怎麼回答呢？沒有答案。因為他沒有那麼確切的才能。但真白有，而且空太說不定還踐踏了這項才能。

就算把自己和繪畫劃上等號也絕非言過其實。所以她才會因為空太沒找自己商量而生氣——空太自己是這麼解釋的。

「空太。」

「妳還有什麼想說的我都會聽妳說，儘管說出來吧。」

雖然還不清楚自己到底有沒有錯，不過現在似乎只能聽真白說了。內心這麼想著，已經做好心理準備的空太，卻聽到真白說出出乎意料的話。

「我在生氣嗎？」

「不要問我！」

「接下來該說些什麼？」

「妳今天亂七八糟的言行舉止又提升一個等級了！」

不愧是椎名真白，無法以常識推測。

「教我該說什麼。」

「……說『我最討厭你了』不就好了嗎？」

空太已經自暴自棄了。

「空太。」

「什麼事？」

「我最討厭你了。」

真白這麼說著，噘起嘴瞪著空太。

實在不妙。這有效，相當有效。當然效果並不是令人感到害怕，一點都不可怕。實在是可愛到只要直視她，就會忍不住想竊笑。

「不要嘻皮笑臉的。」

「對不起。」

空太努力恢復正經的表情。

「看著我。」

「別說這種不可能的事！」

一看她就會笑出來。

真白越來越不滿。

「下次要讓我畫。」

「喔、喔。」

「答應我。」

她伸出小指。空太不好意思地把臉別開。

「我原諒你。」

「那真是謝謝妳。」

「教我戀愛。」

真白完全不管剛剛的對話，使得空太慌張地開始咳嗽，但他還是試著重整心情。

「那是生活在河川或池子裡的淡水魚，當中觀賞用的錦鯉，依照身上的花紋不同價格也不同，有的聽說還要幾十萬、幾百萬（註：鯉魚與戀愛日文音同）。」

真白一臉認真地在素描本上做筆記。

「不要做筆記！妳是想知道魚的事嗎！」

「明明是空太說的。」

確實是自己突然開始說起奇奇怪怪的話……

「害我小鹿亂撞。」

「不要這麼平靜地說這種話。」

「害我感到揪心。」

「這樣的重責大任我承擔不起。」

「加油。」

「妳也多少燃燒點鬥志吧！話說回來，為什麼要突然問戀愛啊？」

「綾乃說的。」

「她下次什麼時候會過來？到時我可以唸她幾句嗎？每次因為綾乃小姐的建議而受害的都是我耶？」

「要描繪真實的戀愛心境，最好的方法就是談戀愛。」

「是這樣嗎？」

「她說任誰都能在人生中描繪出一個戀愛的故事。」

「真虧那位編輯能臉不紅氣不喘地說出這麼令人害臊的話。」

「她有滿臉通紅了啊。」

「那大概是因為妳實在太沒反應了，所以她才回過神來了吧。」

說不定編輯同樣是被害者。所以，要對她抱怨的事就暫時先保留吧。

「這次截稿日是什麼時候？」

「三十一日有個要決定新連載的會議。」

與空太的企劃會議是同一天。

「現在要開始畫草稿嗎？」

「我已經先畫了三回的份量。」

她將放在旁邊的一疊紙，「砰！」一聲放在空太面前。空太一頁頁翻著，發現真的已經完成了。不管什麼時候看，都覺得是很棒的畫。

內容是以住在分租房子裡的六名藝術大學學生為中心的笑鬧群像劇（註：將各個角色的片段拼湊起來，成為一篇完整的故事）。男女共住在一個屋簷下，煩惱著戀愛與將來，彼此的友情也更加深厚。大概就是這樣的感覺。

「我說啊……」

「什麼？」

「我總覺得這有些似曾相識？」

「綾乃說可以嘗試以櫻花莊為題材。」

果然是這麼一回事。雖然設定上做了不少變化，但從登場人物的背景，還是感受得到美咲跟仁的影子。

幾年後的未來，如果櫻花莊的大家畢了業，升學進水明藝術大學就讀，也許等待著大家的，就像真白所畫的漫畫那樣的生活——如果空太不知道仁要考別的學校，大概就會這麼想吧。但現在卻覺得那已經成為遙不可及的未來，因此有些無奈。

看到登場人物栩栩如生的樣子，胸口忍不住一陣刺痛。真白應該是感到困惑，凝視著空太的臉。

「很無趣嗎？」

「不，很有意思。」

空太斬斷留戀不捨的感情抬起頭來。

漫畫整體給人喜劇的感覺，容易閱讀、節奏明快，是現在流行的類型。不過，如果考慮到刊載的雜誌，也許戀愛要素太單薄了點。現在看起來帶有比較濃厚的青春連續劇的味道。

正因如此，綾乃也感覺到必須加強戀愛劇情，才會說出任誰都能在人生中描繪出戀愛故事這種話吧。結果卻讓真白說出了令人想都想不到的事。

「就是這樣，教我戀愛吧。」

「不可能的！我還要準備企劃發表！」

距離那天已經剩沒多少時間了。

「沒問題的。」

「什麼東西沒問題？」

「我來幫你。」

「不用了，不麻煩妳。」

「一大早就在吵些什麼？」

為了讓貓能自由進出，保持敞開的房門縫隙間，七海探出頭來。她戴著眼鏡，穿著運動服，最近在櫻花莊裡都是這副打扮。

「真白，不可以穿得這麼少就跑到男生的房間裡來。」

七海魯莽地走進房間。

「為什麼？」

「那是、那個……因為男生都是好色的生物……」

聲音變小的七海看著空太。

「不要把我當男性代表！」

「來吧，真白要換個衣服才行。」

「不要。空太還沒教我戀愛是什麼。」

七海的動作瞬間停了下來。

「不是，事情不是那樣的！」

「那樣是指哪樣啊？我並沒有認為是指男女之間在床上做的事……我只是覺得這樣不太好而已……」

「誰在跟妳說這麼露骨的事了！」

「反、反正！真白應該要更珍惜自己，不可以毫無戒心就跑進男孩子的房間裡，這樣太危險了。」

「青山小姐，可不可以不要在我的面前說得這麼光明正大？」

「再說，神田同學不是還要準備企劃發表嗎？現在不能打擾你。」

「我沒有打擾他。」

七海以確認的眼神轉過頭來。

「不，那個、並沒有特別……打擾到我啦。」

「沒有特別？」

「是沒有打擾到我。」

「……那就好。」

七海還是一臉懷疑。

「還有……」

「嗯？」

七海突然覺得有些尷尬地別開臉。

「如果有我能幫上忙的地方再告訴我。」

「還來得及準備。」

「為什麼是真白回答啊！」

「還來得及的。」

「沒錯～沒錯～要跟學弟一起玩的就是我喔～」

美咲踢倒房門飛奔進來。

「學姊請不要把事情搞得更複雜了！」

「我覺得布丁是喝的飲料喔！」

「妳先掌握一下話題好不好！那根本就是胖子的歪理嘛！好、好，發表企劃的事我只要去找赤坂這個值得依靠的夥伴商量就沒問題了。還來得及！請不用擔心，所以全部都出去吧！」

空太強行把還想抱怨的真白、七海以及美咲三人趕出房間。

他擺好被踢倒的房門，終於奪回了個人隱私權。

今天如果不開始正式進行企劃發表的準備就糟了。但空太根本完全不知道該做些什麼，開了電腦坐在桌前敲打起鍵盤。

——赤坂，你現在方便嗎？

——龍之介大人現在正在認真考察「左右均可開的冰箱門，如果兩邊同時拉開會怎樣？」因此實在是非常抱歉，無法回覆空太大人的訊息。

回信的是女僕。

——那傢伙也會為了那種事煩惱啊……

——討厭啦，空太大人。只是玩笑，開玩笑而已。這是女僕的玩笑。

不知道這算不算是美式笑話。這電子女僕有時真令人搞不懂。

——那麼，女僕也可以啦。

畢竟曾經仔細說明過企劃書的寫法，一定也能好好地指導企劃發表吧。

——對於話中有「那麼」、「也可以」等表示誰都可以做的空太大人，我應該用什麼懲罰方式來幹掉您呢（笑）

——妳明明都已經決定了！

——哎啊，我真是魯莽，不小心就說出真心話了。

看來在不知不覺中空太已經被女僕列入黑名單了。

——請問我做了什麼事？

——人就是在不知不覺中一邊傷害別人一邊生存下去的東西。

——我連這點都不知道，真是深深感到抱歉。

要是被傳送病毒報復就麻煩了，還是趁早道歉。

——空太大人，您總是很開心地與龍之介大人聊天不是嗎？那時候龍之介大人的笑容，實在是太美好了……對我卻從來沒露出那樣的表情。啊～～好不甘心！我絕對不會把龍之介大人讓給您的！

——呃，就在您宣戰之後，我實在是感到誠惶誠恐。可以容我跟您商量事情了嗎？

——怎麼啦？神田。這麼必恭必敬真是噁心啊。

這時口氣突然完全轉變。看來是主人大駕光臨了。

——可不可以不要在這最糟糕的時機點交接？會讓我空虛而死的。

——有什麼事？

——發表企劃啦，企劃會議！

——書面審查通過了啊？

——託你的福。

——如果接受了我的建議還落選，我就要丟下病毒炸彈。

——請不要這樣。

主人跟女僕都一個樣。

——不過，企劃發表啊……

——如果可以，請你給我意見，老師。

——我能說的只有一件事。

——喔，是什麼？

——要穿西裝，就這樣。

——只有這樣嗎！

——對於不擅長與別人交談的我，你還能期待什麼？

——呃，雖然確實是這樣……

——凡事都得靠經驗。你可以找櫻花莊的人來當練習對象。而且幸運的是，這裡都是些很有個性的人。

——你可靠的建議令我感動肺腑。

——就這樣。

龍之介的圖示顯示離線狀態。

如此一來，只能拜託從剛才開始就刺痛著背部的視線主人了。

空太轉過頭去，門縫出現六隻眼睛……不，注意到的時候已經增加為八隻眼睛。看來是仁也過來會合了。空太走近房門，門從外面被打了開來。

「你要怎麼辦，神田同學？」

「需要幫忙嗎？」

「剛才說了傲慢自大的話，真是對不起。拜託各位了。」

空太深深地一鞠躬。

「學弟，你實在太弱了～～從現在起揭開修行篇了！」

「你就努力往上爬吧？」

對策。

就這樣，空太在決戰日前的幾天內，以櫻花莊的成員們為練習對象，開始擬訂提報企劃的對策。

2

發表的練習決定利用每天晚餐的時間進行。覺得很有趣的千尋也會參加，所以擔任傾聽任務的共有五個人。

搬動飯廳的桌子當作會場。真白、美咲、仁、七海、千尋依序坐成一列，在前面放了一張拉出來的白板，貼上列印出的企劃書，逐頁補充內容說明。

實際做了才知道有難度。空太不懂得分配時間，第一次在限制的十五分鐘內只花了五分鐘就說明完畢。接著進行的第二次練習，則是花了二十分鐘還無法收尾。重複了第三次、第四次之後，比較能夠抓住時間的感覺了，但報告的精準度則十分粗糙。

雖然應該已經相當了解企劃內容了，但說起話來總是斷斷續續，內容也雜亂無章。不斷發出「呃～」或「啊～」的自己真是沒出息。

在將近兩個小時的練習之後，千尋這麼說道：

「要說明得讓人清楚話中的起承轉合。」

「神田同學面對我們太緊張了。」

「總覺得不像平常的學弟，一點都不有趣～」

「你用敬語說明，就讓人覺得很無聊。」

被七海、美咲還有仁這麼指出缺點。至於真白，則早就受不了空太無聊的提報，中途就睡著了。

第一天的練習慘敗。沒想到會是這麼悽慘的狀況，這使得空太開始感到焦急。

隔天空太趁著晚上的練習之前，早上起床就開始準備小抄。為了像千尋所說的，把起承轉合弄得更容易懂而開始整理重點。也視重要性調整企劃書內容順序，重新思考在哪個部份該說哪些話。

空太覺得仁的意見正中要害。他自己也感覺到了，如果不用平常的口氣說話，就無法直接傳達出想法、無法順利表現氣勢與情緒，而令人感到焦躁。說是這麼說，總不能不用敬語，所以只能重複練習來習慣敬語。

還有一個問題，那就是緊張。面對認識的人都會覺得緊張，那根本什麼都不用說了。關於這點，七海給了建議。

「只要一直練習到就算緊張也能說出話來就好了。」

也就是說，想要學會不緊張的方法實在困難，所以就讓身體記住內容，即使緊張也能說得出話。

空太忍不住贊同這個建議。

「還有，如果從頭到尾都用同一種樣子說話，會顯得單調而令人厭煩。如果加入拍子的強弱也許會好一點吧？」

七海順便這麼說了。事實上真白也真的把報告當催眠曲睡著了。空太回想自己會打瞌睡的課，確實以平板的課程居多。

空太想要在報告企劃當天以前，把這些全部融會貫通。這是最起碼的底限。

正當他喃喃唸著小抄的內容一邊準備時，房門突然被打開了，而且沒有事先敲門。

空太聽到腳步聲回過頭去，發現穿著睡衣的真白就站在那裡。她彷彿把這裡當自己房間般走了進來，靠在正在床上練習的空太背後坐著，不發一語地用鉛筆在自己帶來的素描本上作畫。

每當她以輕快的節奏畫出線條，就會傳來感覺清爽的聲音。想來應該是在設計新的角色。

她對於空太充滿疑問的視線完全沒有反應。

「呃～那個，椎名小姐。」

即使出聲叫她，過了好一會她也沒有從素描本上把頭抬起來。

空太無可奈何，只好繼續做自己的事。

過了五分鐘，真白突然反應過來。

「什麼事？」

「呃～是什麼事來著？啊，對了對了，請問我的個人隱私呢？」

擅自走進房裡來，又擅自賴著不走，跟她說話也不搭理……這讓空太開始擔憂起自己的存在意義。

「沒有。」

「這樣啊？沒有啊……我就知道。」

「有。」

「那我問妳，這裡是哪裡？妳在做什麼？」

「空太的房間。設計角色。」

「妳有自己的房間吧。平常不都是在自己房裡工作？」

「從今天起要在這裡做。」

「好，為什麼？」

「那是……」

咬著筆桿，真白陷入了沉思。

「不可以回問我『為什麼？』喔。」

空太活用被磨練出來的經驗先發制人。

結果正想開口說話的真白閉上了嘴。

「還真被我說中了啊！」

「不是。」

「喔。那就讓我再問妳一次，理由是什麼？」

因為判斷正確，空太忍不住愉快地挑釁了起來，卻沒想到這將扯出無法預料的事……

「如果在這裡做的話……」

「如果在這裡做的話？」

「總覺得就能了解戀愛了。」

「咦？」

總覺得就能了解戀愛了——她是這麼說的嗎？這就是為什麼要在空太的房間裡工作的理由……為什麼會是空太的房間呢……為什麼？為什麼？這該不會是……

不、不，現在不是想這些的時候，還有該做的事，不能因為別的事而分心。好不容易通過了書面審查，應該盡全力在企劃發表上。

「……不能在這裡嗎？」

「啊，不……那個……」

「我不能待在這裡嗎？」

空太無法正面看她，便把臉轉開。

「要是被青山發現的話，她會生氣吧。」

「那我要待在這裡。」

真白斬釘截鐵地說著。

「咦？」

「……空太動不動就提七海。」

「什麼跟什麼啊？」

「不管。」

真白背對著空太，再次集中注意力在角色設計上。她描繪線條的聲音，多了剛才所沒有的銳利。

「妳要在我房間裡也無所謂啦。」

只要在畫畫，真白都非常安靜。把她當成大型玩偶就行了，也不至於影響企劃發表的準備吧——空太決定隨她去。

雖說如此，心裡在意的女孩子就在身邊，還要無視於她的存在，思春期可不是這麼簡單的東西。

真白自己大概沒發現吧？她偶爾會發出誘人的嘆息。雖然不知道是因為設計得不順利或是其他原因，但要用來吸引空太的意識已經有足夠的破壞力。

託真白的福，空太每隔一段時間總忍不住觀察她。

真白基本上都在床上，有時雙手環抱膝蓋、屈膝坐著；有時則背靠著牆壁將雙腳往前伸直；嚴重的時候還會趴在床上踢著兩隻腳啪噠作響。唯一不變的是手始終沒停過，還有經常與空太視線對上。有時是空太先看著她，她察覺到而抬頭看他；反過來的情況也以相同的頻率發生。

「為什麼要盯著我？」

「我才沒看妳。」

「騙人，明明就在看。」

「妳才是一直在看我吧？」

「我沒在看。」

「別扯謊了！」

「我沒在看。」

「我也沒在看。」

「…………」

「幹、幹嘛不講話？」

「真不像個男人。」

「少找碴了！」

就在重複這樣的爭吵之中，天也黑了。

打工結束回來的七海，從外頭出聲喊了「有甜甜圈可以吃」。因為空太的房門開著，七海的視線立刻朝向床上的真白。

「要我說幾次才會懂啊……」

「七海，妳回來啦。」

「我回來了……不對！真是的，真白為什麼要穿著睡衣在男生的房間裡啊？」

「因為空太沒幫我拿出要換的衣服。」

「是我的錯嗎！」

「神田同學也是，為什麼什麼都不說！真是下流。」

「誰在想那種事了啦！」

「真的嗎？」

「那當然。證據就是她從上午就在這裡了，到現在什麼事都沒發生喔！」

「喔～～你們一直在一起啊？」

七海的聲音瞬間變得冷漠。

「咦、咦？我說了什麼不該說的話？」

「我也不能再繼續粗心大意下去了。」

七海說這句話的聲音很小，空太沒聽清楚。

「嗯？」

「總之！真白跟我回二樓去！」

七海不由分說地拉起真白的手。

「啊、喂！」

「今天也要練習企劃報告吧？神田同學也趕快做準備！」

「喔、喔。」

「我不會手下留情的。」

「不要夾帶私人恩怨！」

隔天，以及隔天的隔天，真白都一聲不響地闖進空太的房間，也沒特別的事，只是靠在準備企劃報告的空太背後，做著自己的工作。然後不斷重複每晚被打工結束回來的七海斥責，然後被帶回二樓的模式。

空太對這種情況感到有趣，晚上則繼續以櫻花莊的成員為對象做練習。白天思考前一天練習的缺失，準備新的報告原稿，並且一個人練習到天黑。

太陽升起又落下。

就這樣，決定命運的八月三十一日——空太發表的日子，也是有可能決定真白新連載的暑假最後一天到來了。

3

決戰當天早上，空太從醒來的瞬間開始，體內便有不踏實的感覺。從通過書面審查以來，一步步逼近的真正緊張終於來臨。

即使已經醒來，空太並沒有打算起床，也不理采想要飯吃而不斷過來磨蹭的貓咪。

他維持仰躺的姿勢，把報告內容從頭到尾再想一遍，中途只要稍有失誤就從頭來過。就這樣重複了七次。

沒問題的，能做的都做了。準備已經妥當。

即使這麼激勵著自己，不安還是使得下腹感到刺痛。

過了十點以後，空太終於走出房間。

他到飯廳裡餵貓，七隻貓天真無邪地狼吞虎嚥著。他茫然地望著貓，自己也咬起了吐司。

櫻花莊裡非常安靜，感覺不到任何人的氣息。

仁在演劇學部四年級的麻美學姊家過夜；七海已經出門打工去了；千尋大概去學校了吧？至於美咲會那麼安靜，表示她還在睡覺。

真白應該還在桌子底下睡覺。她為了修改準備在決定新連載會議上提出的草稿，昨晚弄到很晚。

大家各自活在不同的當下──空太意識到了這件事。而這實在令人感激，因為如果大家太顧慮他，反而會對他造成壓力。

空太抛下貓，自己回到房間。

他開始悠哉地準備出門。

掛在窗簾鋼軌上的西裝，是跟仁借來的。好像是賽車女郎鈴音約他到某餐廳時送的禮物。雖然尺寸有點大，不過現在也不是抱怨的時候。

手臂穿過硬領子的襯衫，把釦子扣到最上面。接著穿上西裝褲、打上領帶之後，神經也跟著緊繃了起來。雖然不管怎麼看都像是要慶祝七五三（註：日本慶祝兒童7歲、5歲及3歲的節慶）的小孩，不過這也沒辦法。三天前試穿的時候，已經讓櫻花莊的眾人大爆笑了。

把外套拿在手上帶著，如果現在就全副武裝應該會飆汗吧。

看看手機的時間，該是出門的時候了。

確認不知改了幾次的小抄已經放進包包，將包包揹在肩上。空太深呼吸之後走向玄關。蹲下來綁皮鞋的鞋帶時，手已經開始顫抖。綁好之後，他拍打自己的臉頰站起身來。

「空太。」

這時走下樓的真白叫住了空太。

她穿著之前空太曾幫她選搭過的T恤跟細肩帶洋裝，睡得亂翹的頭髮大概也是自己整理的，今天打扮得很整齊。

她把某個東西按在回過頭來的空太胸前。

空太伸手接下的手指與她的手指互相碰觸。

張開緊握的手心，發現原來是祈求合格的護身符。這護身符來自距離這裡大約三十分鐘路程的神社，常看到想考上水明藝術大學的學生過來買。

「這是怎麼回事？」

「昨天去買的。」

「妳拜託青山的嗎？」

「為什麼是七海？」

真白有些不滿地抬頭看著空太。

「咦？因為妳……莫非妳是自己一個人去的？」

「查了一下再問人，走了很多路。」

這麼說來，昨天真白跑來房間時已經是傍晚了。本以為她是在自己的房裡畫草稿，現在看來並不是這樣。

「啊，真抱歉，我什麼也沒準備。今天明明是決定真白的新漫畫能不能連載的日子。」

「我沒問題的。」

空太還沒回話之前，右手就被真白的雙手握住。她像祈禱般閉上眼睛，就這樣定住不動好一會。

最後終於「嗯」的一聲，點頭之後把手放開。

「雖然完全搞不懂妳在『嗯』什麼，但也無所謂啦……總之，這個謝啦。」

無法直視真白，空太的視線移往鞋櫃。

「那麼，我該走了。」

「慢走。」

真白目送著空太快步走出玄關。他緊緊握住收下的護身符，將情感灌注進去之後，收進褲子後面的口袋裡。

從車站搭電車大約一個小時抵達新宿。在新宿轉搭地鐵，朝主辦「來做遊戲吧」的遊戲公司大樓前進。

在轉搭的電車中，空太不坐到零星的空位上，而是一直站在門邊。大概是從下腹部積到大腿上方不舒服的感覺，讓他完全不想坐下。

電車每前進一站，這樣的緊張便伴隨著心跳逐漸擴大，現在已經沉甸甸地佔據了空太的整個身體。

這使得空太無法忽視，也無法忘記，當然更沒理由接受這種情況。

車內廣播下一站的站名，正是空太的目的地。彷彿捆住身體的繩索被拉緊，空太開始繃緊了神經。

他還沒做好心理準備。

即使如此，電車還是很準時地在車站停車。

車門打開，空太被擠進穿西裝的人群裡，緩慢地踏出腳步走到月台。

在黃色的車站資訊牌前確認出口，公司的名字就標記在上面。

他無意識地往箭頭指示方向走出去。

爬上一樓通過剪票口，接著又是樓梯。

走過第三座樓梯後就到了外面，眼前坐落著三十層樓以上的大樓。那是貼上玻璃的美麗建築物，正閃閃發亮著。因為不知道地點，本來還有點不知所措，但看來是不用擔心了。大樓的中央有醒目的公司LOGO，那就是空太的目的地。

一樓相當寬敞、視野很好，從外面也能看得很清楚。自動門前站了兩個警衛；地上鋪了白色的磁磚；裡頭有三位穿著白色制服的漂亮櫃台小姐，面帶笑容地接待著客人。

一樓前半部擺著時尚的桌椅，現在也有穿著西裝的職員正在那裡討論事情。

最裡面則是電梯，前方是類似剪票口的門。看來是插卡之後才能通行的安全裝置。

從未感受過的衝擊向空太襲來。

——糟了，完全進入敵營了。

沒有同伴、完全孤立無援而且格格不入。空太自覺到這一點，心情越來越無法平靜，肚子的狀況變得更糟糕了。

警衛一臉困惑地看著佇立在自動門邊的空太。空太開始慌張，把西裝外套穿上，然後帶著挑戰的心情，踏進了大樓。

空調的涼爽空氣迎接著空太。不過汗水不但沒被抑制住，反而滴落了下來。這豈止是來錯了地方，空太甚至現在就想立刻掉頭逃出去。

他還以為會被警衛攔下來，結果並沒有。

才剛鬆了口氣，這次又跟櫃台小姐視線對上。對方送上微笑，空太不知目光該往哪擺，走到了櫃台前方。要詢問三人當中的誰比較好呢？

「請問今天有什麼事嗎？」

中間的小姐微笑著問道。

「呃、呃……我……我是來參加『來做遊戲吧』發表會議的。」

丟臉到想死了算了。旁邊的兩位櫃台小姐也微微笑著。空太一身不習慣的打扮加上逞強的樣子，全都被看穿了。

「那麼，可以請您在這裡寫上大名嗎？」

對方遞上明信片大小的紙及原子筆。空太額頭上已是汗水淋漓，在姓名欄上寫下名字。已經寫慣的名字，卻像蚯蚓爬行般歪斜扭曲。公司名稱空白，預約的對象名字也只能空白。空太只寫上了姓名，櫃台小姐就把紙收回去。

「那麼，神田先生，請將這個掛在脖子上。」

空太拿到附有掛繩的訪客證。似乎只要知道訪客的名字就行了。

「負責的人員馬上就會過來，請您在那邊稍候一會。」

櫃台小姐將手朝向背後設計時尚的桌子。

隔壁的小姐則熟練地以內線聯絡某人——應該是負責的人員。

空太照她所說將訪客證掛在脖子上，然後依指示坐在後面的椅子上。他伸直了背，裝乖巧地坐著，大大地吐了一口氣。

他提醒自己不要四處亂看，因為越看會越覺得自己來到不該來的地方，肚子的狀況就會變得更糟。

電梯表示抵達的聲音從稍遠處傳來。

腳步聲逐漸接近。

空太抬起頭來，發現穿著褲裝套裝的女性正看著自己。

「您是神田空太先生吧？」

她的年齡大約二十五歲左右，臉上帶著淡妝，給人乾淨清爽的感覺。

「啊，是的。」

「那麼，我來為您帶路。這邊請。」

從行為舉止到說話方式都很俐落。

空太起身跟著她走。

走過電梯前像車站剪票口的出入口。空太剛才已經看別人做過，依樣插進訪客證便順利地通過了。

對方幫忙壓著電梯門，讓空太先走進電梯。

樓層總共有三十六層，對方按下二十五樓的按鈕。

沒有聲音也沒有晃動，電梯沒多久就響起了表示抵達的鈴聲。

「請。」

對方讓空太先走出電梯。剛踏出第一步的瞬間，他忍不住發出了聲音。腳底是像地毯的觸感，可以直接踩進去嗎？

女性員工毫不在意地往前走，讓空太免於把鞋子脫掉的糗態。

他被帶進掛著七號牌子的會議室裡，裡面已經有兩位穿著西裝的訪客。他們掛著與空太一樣的訪客證，同樣是書面審查的合格者。

年紀較大的男性員工叫了其中一人的名字，然後把他帶到別處。看他的表情也知道，接下來就要進行企劃報告了。

「請在這邊等待。」

空太被帶到會議室中間的椅子上坐下，斜前方是另一位正在沉思的企劃挑戰者。

女性員工就站在會議室的入口，以便有什麼狀況可以馬上應對。

房間裡安靜得彷彿可以聽到包含空太在內三個人的呼吸聲。

就這樣，過了幾分鐘之後，原本坐在空太斜前方的另一位挑戰者，也被年長的男性員工帶走了。

先進去的人怎麼樣了呢？之後就沒有再回到這個房間裡來。

不，現在不是擔心別人的時候，應該集中精神在自己的報告上。
閉上眼睛，卻什麼也沒有浮現。一直準備到昨天的東西，現在完全想不起來。
不妙，身體跟著情緒起了反應。肚子痛、胃痛，好想逃出去。
「呃、那個，不好意思。」
「是的，有什麼事嗎？」
「我想去洗手間……」
「我帶您去。」
雖然對方投以溫柔的微笑，但空太的緊張已經不是那麼容易就能緩和的。
總覺得連視野都比平常窄。身體變得飄飄然，好像不是自己的一樣。
來到的洗手間剛打掃過，整個亮晶晶的。空太沒有在這樣的敵營脫褲子的勇氣，於是直接坐在馬桶上。
原本就知道會緊張，怎麼可能不緊張？早預料自己會做得亂七八糟，結果比想像中更搞不清楚狀況十倍以上。
時間一分一秒地逼近。
空太緊握著口袋裡的護身符。
不能這麼沒出息地結束。

他站起身隨意沖了水。

洗洗手、漱個口，整理好亂掉的頭髮跟領帶，接著走了出去。

回到會議室後，穿著跟死神一樣一身黑的年長男員工進來了。他是帶走之前兩個人的那個職員。

「神田先生，時間差不多了，如果您已經準備好，是否可以開始了？」

「麻煩您了。」

好，可以好好說話了，聲音也沒有變調。

走出會議室。

在長廊上筆直地往前走。

走到最裡面，看到寫著董事會議室的門。

男性員工敲了敲門。

「我把神田先生帶過來了。」

「請進。」

裡面傳出不甚清楚的聲音。

「那麼，麻煩您了。」

轉過頭來的男性員工只說了這句話便把門打開。

只有空太一人走到裡面，門在背後關上。

這間有著誇張名稱的房間，有剛才那間會議室的兩倍大，大約是兩間教室的大小，屬於深長型，正面有個大螢幕，旁邊架設有操作用的筆電。是要站在那邊報告嗎？

評審共有五位並排坐成一橫列，其中四人穿著西裝。空太對坐在中間的人有印象，他是這個公司的總裁。在電玩展或E３娛樂展上，總會看到他站到台上展示次世代硬體的戰略及商品競爭力。

至於其他人空太就不認識了。不，空太認識坐在最右邊的人。只有他一個人穿著便服，而且上半身只穿了一件T恤，非常休閒。他是初期「來做遊戲吧」開發益智遊戲的人，名叫藤澤和希，是水明藝術大學出身、現在也持續製作暢銷商品的遊戲開發者。

「神田先生，請開始吧。」

左邊的男性這麼說了。就空太看來，這個人的年紀應該跟父親差不多。以前從沒有被這樣的人用敬語說話的經驗，所以空太遲疑了一下。

「咦？」

「請開始吧。」

這完全跟自己至今所生活的世界不同。

「啊、是、是的。」

空太走到前面。由於站上高了一階的位置，視野突然變開闊了。

五名評審的一舉一動都看得清清楚楚。

其中三人看起來很無聊的樣子，另外兩個人則看不出在想些什麼。

「那麼，請容我說明企劃的內容。」

雖然在極度的緊張狀態下，空太發出的第一聲並沒有出錯。雖然講得有些太快，但其他的還不算太糟，聲音也很清楚。

多虧七海的建議，現在就算再緊張好歹都還能說出話來。

空太首先仔細地說明企劃的概念。接著解說遊戲整體的規模、分析對象族群。他適切地調整語調與說話的速度，一邊繼續進行。

在說明好處的部分，為了能站在玩家們的立場，空太比手畫腳地進行企劃書的補充說明。

剛開始的五分鐘，在極度的緊張之下算是表現得不錯了。

開始變得比較從容的空太，在進入遊戲內容細節說明之前，確認了一下剛剛都沒注意的評審表情。

他一一與評審們對上視線。評審們看來心情不是很好，雙手抱在胸前，一臉嚴肅，總之反應很糟。其中一人還盯著書面資料一動也不動。

在胸口逐漸萌芽的自信，一瞬間通通化為虛幻的泡影消失不見，支撐空太的那股信心輕易地崩壞了。

全部一片空白。

眼前以及腦中什麼都不見了。

對於接下來要做什麼、該說什麼，已經沒了主意。總之先翻頁吧。先敷衍過去，不，應該要拉回原來的軌道。就算回歸原來的軌道，也改變不了這個糟糕的狀況。那麼，到底該怎麼做才好？腦中響起警鈴，紅燈閃爍著。

空太陷入這樣的狀況，已經無法確定之後自己說了些什麼。

讀完企劃書最後一頁的瞬間，倒還有一些印象，自己完整地將小抄的內容唸出來了。這是練習的成果。即使腦袋不清楚，身體也能記住要說的話。

至於提問的部分，空太被評審提出了三個問題。

一個來自總裁；兩個來自藤澤和希。

空太已經不太記得被問了什麼，自己又回答了什麼。

「時間到了。那麼，神田先生的報告到此為止。」

空太連忙點頭行禮。

照這情況看來，大概沒辦法期望會有好結果吧。不過，現在無所謂了。評審結果應該會在幾天後以書面告知，總之現在迫不及待地想趕快離開這個房間、逃出這個公司，想脫下西裝、解開領帶，想恢復平常的自己——空太如此渴望著。

「神田先生。」

這時說話的是總裁。

「首先，感謝您參加『來做遊戲吧』的企劃甄選。」

「不，我才應該要道謝。今天實在非常感謝您在百忙之中特意指教。」

總裁以眼神示意並點了頭。

「實在非常遺憾，您與本次的甄選無緣，希望您能理解。」

「…………」

剛才他說了什麼？

「啊……這樣啊？」

空太覺得這個擅自開口說話的人彷彿不是自己。

他再度點頭行禮，說了聲「我告退了」，便走出董事會議室。帶空太到這裡來的男性員工帶著他搭電梯到一樓，然後再度通過像車站剪票口的出入口，將訪客證還給櫃台。男性員工深深地鞠躬行禮，空太於是走出大樓。

他快步走下地鐵站的樓梯，不想讓任何人看到現在的自己，所以想逃到某個地方。

沒想到是當場告知結果，空太完全沒有這樣的準備。本來以為結束了就好，還想稱讚自己至少完成了……

再說，那是什麼態度啊？被大人以敬語交談的噁心感覺，而且連總裁都對自己非常客氣。這就是工作嗎？就是所謂的社會人士嗎？

龍之介曾經說過必須擺脫掉高中生的感覺，空太深刻體會到那句話真實的意義。那完全是與學校不同的世界。

因為通過了書面審查就開始感到自滿，還誤以為對方會更熱衷地聆聽自己的企劃。之前自認對方會覺得有興趣，卻完全沒做如何讓對方感到有興趣的準備。

不甘心與受不了的情緒，像海嘯般湧上來。無法抵抗也無法逃脫的空太，輕易被吞噬了。

眼前只剩下一片黑暗。

4

當空太抵達藝大前站時，已經六點多了。

夏天的這個時間天還很亮。拖著失魂落魄的腳步，空太走下月台、走出剪票口，搖搖晃晃地走進紅磚商店街。

半路上，魚販大叔大笑著這麼說了：

「喔，這不是神田家的小夥子嗎！怎麼穿成這樣啊！」

空太無法做出回應。

走到肉販的前面，被大嬸這麼開著玩笑：

「哎啊，這不是空太嗎？真討厭，居然認不出你了。要是大嬸再年輕個二十歲啊～」

即使如此，空太也沒有吐槽的餘力。

另外還有其他人向空太打了招呼，但他都只是幾乎毫無意識地舉個手虛應故事。

平常不到十分鐘的路程，今天卻花了三十分鐘以上才回到櫻花莊。

空太沉默地打開門，手扶在玄關門上就沒辦法動了，也沒有心情說「我回來了」。雖然有義務向大家報告結果，畢竟大家每天都陪了自己好幾個小時，只是這麼遺憾的結果，大家會想聽嗎？那大概只會讓大家莫名地擔心自己而已。

該如何解釋才好？

空太沒走進玄關，而是繞到後院坐在走廊上，望著即將西下刺眼的太陽。

身體被染紅了，是遍體麟傷所流的血。全身沒有一處是完好的，被抨擊得體無完膚。

還不夠，無法表達出自己的感覺。

太陽已經完全西下。

不過即使沒能傳達出去，今天的空太已經盡全力了。沒有保留，也事先仔細地做了準備。他對於自己的創意有信心，但還是不行。這就是結果，而結果就代表一切。

「……嗚。」

空太按著額頭向前傾。

鼻子深處一陣酸楚，眼球變得灼熱。

不想流下這麼難看的眼淚。

所以拚了命忍住。

能做的都已經做了，卻不知道自己能走到什麼地步。一點勝算也沒有，就連「只差一點了」，或是「下次應該沒問題」之類安慰自己的話也完全想不出來。

「空太。」

「…………」

是真白的聲音。不可能聽錯的。

空太無法抬起臉來。

「空太？」

「我回來了……」

對於一臉困惑的真白，空太說出這句話已是竭盡心力了。

「歡迎你回來。」

真白沿著走廊靠了過來。空太感覺到她的氣息，很快地設下防線。

「連載如何了？」

「已經決定了。從十一月號開始。」

「這樣啊？恭喜妳了。」

「嗯，謝謝。」

不愧是真白，總能穩穩地掌握結果。

她擁有無與倫比的才能，也努力發展自己的才能。

究竟自己與真白哪裡不同呢？這種事隨便想都想得到。真白擁有才能，一直處於接受別人批評或稱讚的立場。她經過不斷的受傷，又不斷地再站起來，才有現在的真白。

持續力——永不放棄的毅力，還有不輸給痛楚的堅強。就所有方面而言，空太都比不上真白。當然，實力也是如此。

「那就要開始畫了。」

「嗯。要一邊畫第一話的原稿，一邊畫下一回的草稿。」

「會變得很忙吧？」

「……嗯。」

空太企劃評審的結果，就連真白也能猜到吧。

真白正要在空太的旁邊坐下。

「不要待在這裡，趕快去畫吧。」

「可是……」

「椎名。」

「什麼事？」

「這邊可不是前方喔。」

真白的動作停住了。

「說的也是。」

說著轉身離去。既然觸碰不到，就希望她乾脆走到遙不可及的地方。既然不被允許並肩站在一起，就希望她能到自己已經不抱希望的高峰，希望她能到達任何想去的地方。

被留下來的空太，靜靜地向護身符道歉。現在如果真白在身邊，自己就會感到痛苦。即使真白並沒有那個意思，但她的存在卻依然責怪著自己。被她的眼神注視著，就會有被否定的感覺，因為自己沒有更早開始努力。這讓空太想逃，覺得自己好像會開始變得討厭真白。

啊，對了。就是這個吧？

空太覺得原本模糊的輪廓，突然變得清晰可見。

仁之前所說的，就是指這麼一回事吧？

空太終於了解這種痛苦有多深了。雖然多少能夠理解了，卻又無法將痛苦從自己的感情中放逐。

好遠，實在是太遠了。對現在的空太而言，真白就像星空一般的存在。她在伸手也碰不到的地方，雖然看得到，但中間卻隔著太遙遠的距離。光是想到這樣的路程，心都要氣餒了。

被迫知道這種事情確實會讓人瘋掉，說不定會開始討厭原本喜歡的東西。因為不想變成那樣，所以空太保持了距離。

仁會為了美咲的事煩惱是理所當然的。連仁都難以處理的感情，自己又能怎麼辦呢？不可能有答案——空太就這樣被混亂的情緒操控，用雙手摀著臉。

這時空太身旁有另一個人影靠近。

「你可以哭，沒關係的。」

站在旁邊的人正是七海。

空太逞強地抬起臉來。

「我又不是妳，所以不會哭的。」

「什、什麼啊！人家是好意……真是對不起你啊。我那時候居然哭了……」

「抱歉，騙妳的啦。謝謝妳。」

「這種話要先說嘛！真是的……」

「青山。」

「什麼事？」

「認真起來還真是挺不妙的。」

「嗯，是啊。」

「後悔啦、不甘心的情緒，逃也逃不了，躲也躲不掉。」

這次的失敗不是任何人的錯，全都是自己不好。沒有任何保留地全力衝刺，然後粉碎得一蹋糊塗。

「不過，我喜歡生活有目標的人，喜歡拚命努力的人……」

空太忍不住看著坐在旁邊的七海側臉。

「你、你在看什麼啊？」

「……沒有，只是覺得還好有青山在。」

「你、你在說什麼啊……」

低著頭的七海縮起身子。

「不是啦！我沒有其他奇怪的意思……我剛說了什麼？」

「唉～～我想你這點最好改過來。」

「我是說這個……呃……我是想說，總覺得多虧了青山，所以心情變得輕鬆一點了。」

「是、是，我知道了。」

「幹嘛一副把我當笨蛋的態度。」

「啊，看得出來嗎？」

「真是的……虧我還這麼感謝妳。」

空太自然而然地露出笑容。如果是在真白面前，就沒辦法像這樣笑了。因為她的存在會變成一種壓力。

關於這一點，七海就不一樣了。雖然搞不太清楚，但總覺得她跟自己比較接近。

「你這種說法，實在讓人高興不起來。」

噘著嘴的七海，強勢地看著空太。

「不然要怎麼說才行啊！」

「這種事要自己想。」

「這麼說也是啦……」

「你真的沒事了嗎？」

「嗯，總覺得心情變好了。」

「什麼跟什麼啊？」

想起企劃發表失敗的事就覺得不舒服，所以想消除今天的記憶。不過，要忘記的方法只有一個，這是空太之前從真白身上學來的。要抹去懊悔，終究只有繼續不斷努力。

在不久的將來，如果自己能夠有所成長，這個痛楚一定也會結痂，然後脫落。

體認到這一點之後，空太發覺在苦悶的心中，有一絲快樂正在萌芽。

一直以來都看不見自己要挑戰的山有多高。藉由向大人說出自己想法的經驗，明白了自己的目標在更遠處。

雖然還沒看到全貌，但也窺見了挑戰對手的強大，而這股強大將成為空太的原動力。

「糟了……真的覺得好像開始快樂起來了。」

「神田同學原來是被虐狂啊？」

「這也比被人說很普通要令人開心呢。」

「嗚哇，已經露出本性了。真不愧是住在櫻花莊的人。」

「現在青山也是其中一份子喔。」

「嗚、說的也是……」

空太看著天空，下定決心下次要再往前跨一步。

七海一直看著走廊的深處。有什麼東西在那邊嗎？

「她好像一直很在意的樣子。」

「咦？」

「真白。」

空太聽了轉過頭去，看到真白正在屋子外的角落偷看這邊。她發覺被空太發現了，就把身體縮了進去，然後戰戰兢兢地只露出眼睛來。

七海向她招手。

「已經沒關係了吧？」

七海小聲地這麼問了。空太則回了一聲「嗯」。完全被七海看穿了，真是瞞不過她。

「話說回來，妳剛才都看到了嗎？」

「你在說什麼？」

七海故意裝傻。看這樣子，剛才空太與真白的對話應該都被七海聽到了。

真白小跑步過來。

似乎想說些什麼，卻什麼也沒說。

所以空太先開了口。

「這次失敗了。下次我會更努力的。」

「嗯。」

真白點了點頭。

兩人之間沒有其他話語，但現在這麼一句話就夠了。空太的心情一下子變得輕鬆，即使真白在面前也不覺得痛苦。

「好了嗎？」

七海這麼問了。空太跟真白都以沉默代替回答。

「那麼，接下來是我。」

七海說了開場白後直率地看著真白，態度輕鬆地宣告：

「我不會輸給真白的。」

真白看來有些驚訝地睜大了眼睛，但很快又恢復成平常的面無表情。接著清楚地說：

「我討厭輸給別人。」

空太完全會錯意話中的意思。

「喔，我也是。」

「……不是那個意思啦。」

「咦？」

「沒事！」

「妳在生什麼氣？」

「我沒有在生氣！」

「明明就在生氣！」

「痛扁你喔！」

「真是亂七八糟啊妳！」

「空太是笨蛋。」

「椎名才沒資格說我！」

「喔～學弟，你回來啦～！」

穿著日式短褂的美咲跑了過來，雙手滿滿都是快抱不住的煙火。

「什麼啊，空太已經回來了嗎？」

仁也從房間窗戶探出頭來。

不管時間場合的美咲開始把煙火發給每個人，也準備好了點燃的蠟燭跟水桶。

「說到夏天當然就是放煙火了！沒放煙火就不能算是夏天！因此，現在要開始舉行煙火大會囉～～！」

美咲這麼說著，迅速地點燃沖天炮，火團接二連三衝向天空。

仁也從房間走出來，打開袋子開始點火。

「嗯，算了。」

本想說些什麼的七海也只說了這句話，便跟著開始放起煙火，還教理所當然沒放過煙火的真白該怎麼做。

「煙火不可以對著人。」

「那空太呢？」

「我也是人啊！」

空太也加入戰局，點燃大量的煙火。美麗的煙火散落，將黑夜點綴得五顏六色。火花一消失就立刻點燃新的煙火，大家快樂地嬉笑著，而空太的心也完全放晴了。

千尋在走廊上喝著啤酒。貓咪們警戒著探出頭來。

「那麼，接著是這個！」

美咲從短褂裡拿出哈密瓜大小的球體。表面像瓦楞紙，外面有一條導火線。

空太對這有印象——是真正的沖天煙火。

趁著所有人僵住的瞬間，美咲將球體放進不知何時擺放在院子裡的大筒子，接著點火。

「等一下，學姊！」

空太的聲音晚了一步。

球體立刻從筒子裡衝向高空，發出「咻咻」充滿情趣的聲音。隨著聲音消失，晴朗無雲的夏季夜空中綻開了一大朵花。

仁苦笑著；七海則看得目瞪口呆。美咲歡呼「好球」；千尋嘴裡的啤酒噴了出來。而真白只是面無表情，被煙火的光照亮著。

從正下方看煙火感覺很新鮮，有種好像快被壓垮的魄力。震動與聲音衝擊而來，全身都感受到了煙火。

空太將照亮夜空的大朵花深深烙印在心裡，作為這個夏天的回憶。仁、美咲、七海、真白以及千尋，應該同樣記憶深刻。

像這樣佈滿天空的煙火，終於也融進了夜裡消失不見。彷彿什麼事也沒發生過一樣，天空又恢復了寧靜。

這時千尋的大叫聲響徹了櫻花莊。

「你們全都給我在那邊排好！」

八月三十一日。

本日櫻花莊會議紀錄如下。

——放了煙火，很漂亮。書記．椎名真白

——往後如果要舉辦「大會」，需獲得千石千尋的許可！你們潛入游泳池的事我已經知道了！追加．千石千尋

後記

當這本書陳列在書店時，我正好要迎接已經不想繼續數下去、在這世上最可怕的三十二歲生日。至於這意味著什麼，這意味著國中畢業、進入高中，從開始穿立領制服的那一天起至今，已經過了十六個年頭了。

雖然自己還是高中生的時候，完全無法想像年過三十的自己是什麼樣子，不過到了現在，反而是無法相信自己曾經有過十幾歲的時光。唉，真是……

祈禱當時的自己看到現在的自己不會覺得失望才好。

先撇開這個不談，將已經老化的腦袋返老還童而創作出來的《櫻花莊的寵物女孩》第二集，不知道各位讀者們是否喜歡？如果各位還喜歡，是我的榮幸。如果不喜歡……我決定先不去想了。

標題的「櫻花莊」，只是因為中意它聽起來順耳又有親切感才取的名稱。但由於這不是太罕見的名字，所以我上網隨意搜尋了一下，發現它似乎實際存在於日本全國各地許多地方。但我其實並沒有以哪裡的櫻花莊做為題材……

說不定各位的身邊就存在著櫻花莊。

不過要是問我那又怎樣，就是這樣而已。

謹容我藉由這個機會致意。

非常感謝寫信給我的讀者們，真不知該如何向各位道謝才好。我會珍惜每一封信，並以此激勵自己，繼續與空白的原稿奮戰。

另外，承蒙設計師T做出企劃書的圖，在此致上謝意。還要感謝這次也提供了可愛插圖的溝口ケージ老師，以及荒木責編。

那麼，期待夏天能再度與各位見面。

鴨志田一

Kadokawa Light Novels——

蘿球社！ 1~4 待續

Kadokawa Fantastic Novels

作者：蒼山サグ　插畫：てぃんくる

就算被充滿煩惱的少女們給耍得團團轉，
依然還是充滿活力的青春運動喜劇第四集！

進入暑假，將要首次跟其他學校的女子迷你籃球社比賽的智花等人難掩興奮情緒。而且對手是經常打進縣內大賽的強校，因此昴也打算以少女們的真正教練身分多學一點東西，然而……對方的惡劣對待，讓一行人突然被迫開始等同於野外露營的生活——

各 **NT$180~200/HK$50~55**

台湾角川

Kadokawa Light Novels

我的妹妹哪有這麼可愛！ 1~6 待續

Kadokawa Fantastic Novels

作者：伏見つかさ　插畫：かんざきひろ

桐乃終於從美國回來了!!
京介和妹妹之間的關係會有什麼驚人的進展嗎!?

我的妹妹實在太過分了。首先是非常傲慢。老是一副不可一世的樣子，甚至可以說以瞧不起哥哥為樂。總之呢，你們應該要更加了解我們家的妹妹究竟有多過分，然後可以跟這麼惡劣的桐乃相處的我究竟有多偉大。撐下去啊！我一定得撐下去才行。

各 **NT$180~240/HK$50~68**

台湾角川

有沢まみず
插畫：如月水
(RED FLAGSHIP)
Sweet☆Line
甜蜜☆陣線
2
選秀會備戰篇

國家圖書館出版品預行編目資料

櫻花莊的寵物女孩 2 / 鴨志田一作 ; 一二三譯. ——
初版. —— 臺北市 : 臺灣國際角川, 2010.09
冊 ; 公分. —— (Kadokawa fantastic novels)

譯自 : さくら荘のペットな彼女 2
ISBN 978-986-237-822-9(第1冊 : 平裝). --
ISBN 978-986-237-919-6(第2冊 : 平裝)

861.57 99014691

Kadokawa
Fantastic
Novels

櫻花莊的寵物女孩 2

（原著名：さくら荘のペットな彼女 2）

2011年1月20日　初版第1刷發行
2022年5月30日　初版第14刷發行

作者：鴨志田一
插畫：溝口ケージ
日版設計：T
譯者：一二三

發行人：岩崎剛人
總編輯：蔡佩芬
編輯：孫千棻
美術設計：吳佳昀
印務：李明修（主任）、張加恩（主任）、張凱棋

發行所：台灣角川股份有限公司
地址：104台北市中山區松江路223號3樓
電話：（02）2515-3000
傳真：（02）2515-0033
網址：www.kadokawa.com.tw
劃撥帳戶：台灣角川股份有限公司
劃撥帳號：19487412
法律顧問：有澤法律事務所
製版：巨茂科技印刷有限公司
ISBN：978-986-237-919-6